Bianca

DISCARD

Susanne James

Escrito en el alma

Harlequin

Editado por HARLEQUIN IBÉRICA, S.A.
Núñez de Balboa, 56
28001 Madrid

I.S.B.N.: 978-84-9010-218-3
Depósito legal: B-38134-2011
Editor responsable: Luis Pugni
Fotomecánica: M.T. Color & Diseño, S.L, Las Rozas (Madrid)
Impresión en Black print CPI (Barcelona)
Fecha impresion para Argentina: 16.7.12
Distribuidor exclusivo para España: LOGISTA
Distribuidor para México: CODIPLYRSA
Distribuidores para Argentina: interior, BERTRAN, S.A.C. Vélez
Sársfield, 1950. Cap. Fed./ Buenos Aires y Gran Buenos Aires,
VACCARO SÁNCHEZ y Cía, S.A.
Distribuidor para Chile: DISTRIBUIDORA ALFA, S.A.

Capítulo 1

SABRINA atravesó aquellas calles desconocidas con el pulso acelerado. Si no fuera por el dinero que ofrecían por ese puesto, de ninguna manera se habría presentado. Pero la situación apretada en que se encontraban en ese momento, no le dejaba elección.

La mayoría de las casas en esa parte del norte de Londres eran bastante grandes, observó Sabrina, aunque también un poco descuidadas. Cuando llegó a la que estaba buscando, en el número trece de la calle, se percató de que era diferente de todas las demás. Era de esperar, teniendo en cuenta quién vivía allí. La puerta principal estaba recién pintada de azul. Su picaporte de bronce relucía impecable bajo la soleada mañana de septiembre.

Sabrina llamó una vez al timbre y esperó, intentando imaginar qué aspecto tendría su posible jefe, el famoso escritor. Por supuesto, había visto fotos suyas en los periódicos, pero se preguntaba cómo sería en carne y hueso.

De pronto, el hombre en cuestión abrió la puerta. Sabrina lo reconoció de inmediato. Debía de tener unos cuarenta años. El pelo, oscuro y revuelto, había empezado a ponérsele gris en las sienes y su atractivo rostro tenía algunas arrugas en el entrecejo. Sus penetrantes ojos negros miraban con gran intensidad. La observó con gesto un tanto serio.

–Ah. ¿Eres Sabrina Gold? –preguntó él y, cuando ella sonrió asintiendo, añadió–: Soy Alexander McDonald. Entra. Has encontrado la casa sin problemas... es obvio.

Su tono de voz era formal, fuerte y resonante. Sabrina no pudo evitar sentirse un poco impresionada mientras la guiaba por las escaleras alfombradas a la primera planta. Al seguirlo, admiró su cuerpo atlético y masculino. Sin duda, debía de hacer ejercicio a diario, pensó.

Percatándose de que apenas había abierto la boca desde su llegada, Sabrina se aclaró la garganta.

–La verdad es que no conocía esta parte de la ciudad. Pero no me ha costado encontrar la casa. Y el paseo desde el metro ha sido bastante agradable, sobre todo, con este sol.

Alexander volvió la cabeza para mirarla, contento con la primera impresión que la chica le había causado. Iba vestida con vaqueros y una camiseta color crema. Tenía el pelo largo y recogido y un rostro bastante normal, sin gota de maquillaje. Pero tenía unos ojos verdes enormes y expresivos, con una atractiva forma almendrada.

Cuando llegaron a la primera planta, Alexander abrió una puerta y la invitó a entrar delante de él. Cuando ella pasó, percibió su aroma, un suave perfume nada más. Bien, pensó él. No le gustaban las mujeres que se bañaban en densas esencias. Y, ya que la persona que ocupara el puesto de su asistente personal debía compartir el espacio con él durante varias horas al día durante los próximos meses, era indispensable que su compañía le resultara soportable. La señorita Gold ya era la sexta aspirante que veía, caviló. ¿O la séptima? Había perdido la cuenta.

Sabrina miró a su alrededor. Era una habitación grande, con techos altos y ventanas de cuerpo entero que permitían que la luz llegara a todos los rincones. Una gran alfombra persa cubría buena parte del suelo de madera de roble y las paredes estaban llenas de estanterías con libros. Una gigantesca mesa de caoba, repleta de cosas, ocupaba la mayor parte del espacio. Tenía un ordenador, un teléfono y pilas de papeles. A su lado, había otra mesa más pequeña con otro ordenador... sin duda, era el lugar reservado para su asistente personal. También había un par de sillas y una *chaise longue* de terciopelo marrón con varios cojines.

Alexander sacó una silla.

—Siéntate... Sabrina —invitó él, esforzándose en recordar su nombre. Se sentó detrás de su escritorio.

Haciendo lo que le decía, Sabrina lo miró a los ojos, recordándose a sí misma la razón que la había llevado allí. Necesitaba ese empleo y, sobre todo, su generoso sueldo. Y lo conseguiría, si la suerte estaba de su lado.

Alexander fue directo al grano.

—Veo aquí que estás licenciada en Psicología —señaló él, bajando la vista a su currículum–. ¿Estás segura de que este empleo es lo que quieres? ¿Hasta dónde crees que puedes... involucrarte? —quiso saber, esbozando una fugaz sonrisa.

Su pregunta sorprendió a Sabrina. Pero decidió ser sincera en su respuesta y acabar cuanto antes.

—Creo que lo que usted quiere saber es por qué no

utilizo mi licenciatura para conseguir trabajo –indicó ella–. La respuesta es que, con esta crisis, es difícil encontrar algo decente en mi campo de especialidad. Me despidieron el año pasado, junto con muchos otros desafortunados. La razón es que estaba demasiado cualificada y no podían pagarme acorde con ello... Yo no quise aceptar el puesto, bastante denigrante, que me ofrecieron en lugar del mío –explicó ella, y tras un momento, añadió–: El sueldo que, según la agencia, usted ofrece por el empleo me animó a presentarme –confesó y tragó saliva, dándose cuenta de que aquello había sonado fatal, como si fuera una avariciosa–. No es que quiera el dinero –trató de puntualizar en voz baja–. Lo necesito. Y he decidido que tengo que apuntar alto para conseguirlo –aclaró, pensando en la casa nueva que acababan de comprarse, después de haber vivido años en alquiler.

Alexander hizo una pausa, fijándose en el rubor de las mejillas de ella, enternecido por sus palabras. Apreciaba la honestidad en una mujer... y en cualquiera. Y ella había sido sincera, quizá de forma un poco ingenua. Podía haberse inventado cualquier excusa sobre querer probar algo diferente o algo así. Él bajó la mirada otra vez al currículum.

–Veo que tienes todos los conocimientos empresariales que necesito y que sabes manejar el ordenador –comentó él–. Eso es un requisito esencial, pues las máquinas y yo no solemos llevarnos muy bien. Por lo general, a mí me basta con tener un cuaderno y un bolígrafo pero, por desgracia, mi agente y mi editor me piden que trabaje en un soporte informático... y más legible.

Presintiendo que la entrevista iba bien, Sabrina se relajó un poco.

–Se me da bien manejar casi toda la maquinaria de oficina, señor McDonald, aunque me gustaría tener una idea más precisa de en qué consistiría el trabajo.

Hubo un silencio. Sabrina bajó la vista a la alfombra, esperando una respuesta.

–¿Estás casada? –preguntó él sin más, mirándola a los ojos–. ¿Tienes hijos?

–No estoy casada –contestó ella–. Vivo con mi hermana. Las dos solas. Y el año pasado decidimos... comprarnos una casa, que no quiero perder.

Alexander asintió.

–¿Tu hermana trabaja?

Sabrina apartó la mirada un instante.

–Bueno... no todo el tiempo. Siempre ha sido un poco frágil y sucumbe ante los contratiempos todo el tiempo. Cuando se siente bien, da clases de aeróbic y de baile –explicó ella y tragó saliva. No iba a contarle al señor McDonald que su hermana era una excelente cantante y bailarina y que había hecho audiciones dos veces para el hermano de él, sin éxito.

Alexander la había estado observando con atención mientras hablaba, percibiendo las fugaces expresiones que delataban sus pensamientos. Se incorporó en la silla, de pronto.

–Lo que busco es una asistente personal –informó él–. Y tengo que advertirle que la jornada laboral no siempre acaba a las cinco. Si tengo que entregar algo que me está costando terminar, espero que mi asistente se quede hasta más tarde. Ya sabe a qué me dedico. Escribo libros sobre toda clase de temas –añadió y se recostó en el asiento, pasándose una mano por el pelo–. Mi última asistente, que llevaba conmigo muchos años, acabó admitiendo la derrota y dimitió.

Alexander levantó la vista al techo un momento.

–Ahora se pasa todo el tiempo en su jardín, cuidando gallinas. Al parecer, era algo que quería hacer desde hacía tiempo –explicó él y meneó la cabeza, como si no dejara de sorprenderle la excentricidad humana–. Ahora mi sistema de archivos es un caos y necesito a alguien que sepa leer, que sepa corregir, alguien lo bastante fuerte como para lidiar conmigo cuando me siento frustrado. Necesito a alguien que escriba a máquina por mí cuando a mí no me apetece, alguien que se ocupe de todas las llamadas de teléfono y que encuentre las cosas que yo pierdo –continuó e hizo una pausa–. Me temo que, a veces, estar cerca de mí puede ser un infierno. ¿Crees... crees que eres capaz de reunir todos esos requisitos?

Sabrina sopesó sus palabras durante unos instantes y sonrió. A pesar de sí misma, Alexander McDonald estaba empezando a gustarle.

–Señor McDonald, creo que puedo encargarme de todo sin problemas –afirmó ella, con ese tono de voz tranquilizador que solía utilizar con sus pacientes.

Él se puso en pie y salió de detrás de su escritorio, extendiéndole la mano.

–Trato hecho –dijo él, mirándola con gesto solemne–. ¿Puedes empezar la semana que viene?

Sabrina aminoró el paso mientras se acercaba a su modesta casa en las afueras de la ciudad. Se sentía emocionada y molesta después de su encuentro con Alexander McDonald. No se podía negar que era un hombre muy guapo, pensó. ¿De veras quería ella trabajar de cerca con alguien así? ¿Podía arriesgarse a que sus sentimientos se encendieran de nuevo? Porque, si era honesta consigo misma, tenía que admitir que existía la posibilidad de que se enamorara de él... algo que prefería evitar.

Cuando entró en casa, su hermana estaba bajando las escaleras, vestida para salir.

–Hola, Sabrina. ¿Has tenido suerte en la entrevista?

–Umm, bueno, sí –respondió Sabrina con cautela–. Pero, tal vez, sea sólo temporal, para unas semanas. Depende de cómo nos llevemos mi nuevo jefe y yo. Es escritor –añadió, sin molestarse en mencionar su nombre. Se dirigió a la cocina a prepararse un té–. ¿Vas a tu clase de aerobic?

–Sí. Y esta mañana me han llamado para pedirme que dé dos clases más de baile. La chica que suele hacerlo se ha puesto enferma. Así que no volveré a casa hasta las ocho.

Las dos mujeres no se parecían demasiado. Melinda era alta, con pelo oscuro, ojos castaños y rasgos muy marcados. Sabrina sólo medía un metro sesenta, su cuerpo era más fino y unos grandes ojos verdes le ocupaban casi todo el rostro.

–Prepararé algo para cenar –señaló Sabrina, sirviéndose una taza de té–. ¿Te parece bien lasaña y ensalada?

–Genial –respondió Melinda y salió, dando un portazo tras ella.

Mirando absorta por la ventana mientras se bebía el té, Sabrina dejó su mente vagar hacia la entrevista de la mañana y hacia su nuevo jefe. En su opinión, era el típico hombre seguro de sí mismo, muy masculino y algo despiadado. También tenía cierto toque misterioso, como si tras esos ojos negros y magnéticos ocultara un secreto que nunca había compartido con nadie.

Ella no sabía nada de su pasado, ni si estaba o había estado casado alguna vez. En la prensa, nunca lo había visto fotografiado junto a una mujer. Por el contrario, su hermano Bruno, también famoso, parecía ser un experto en compañías femeninas.

Con los ojos entrecerrados, Sabrina siguió dándole vueltas al tema y llegó a la conclusión de que Alexander McDonald debía de tener una personalidad con muchos matices y que no iba a ser fácil lidiar con él. Sin embargo, el dinero que ofrecía sería un poderoso incentivo para callar y obedecer, se dijo, encogiéndose de hombros.

Más tarde, cuando estaba preparando la lasaña, sonó su teléfono. Frunciendo el ceño, fue a responder. Rezó porque no fuera su hermana Melly, llamándola porque se hubiera metido en algún lío.

—¿Sabrina Gold? —dijo una voz masculina y sensual al otro lado del auricular—. Aquí Alexander McDonald. Estaba pensando si, como todavía quedan dos días laborables para terminar la semana, podrías empezar un poco antes. ¿Qué tal mañana?

—Sí... creo que sí —repuso ella, sin pensárselo—. De acuerdo, señor McDonald —repitió, omitiendo el detalle de que había pensado ir de compras para renovar su vestuario antes de empezar a trabajar. Sin embargo, él tendría que aceptarla tal cual, vestida a la moda de hace un par de años.

–Bueno. Quedamos, entonces, a las nueve. O más temprano, si quieres –propuso él y colgó.

Sabrina se quedó mirando el teléfono un momento. Había sido una conversación breve y directa donde las hubiera.

En su casa, Alexander se apoyó en su escritorio con un vaso de whisky en la mano. No podía explicar por qué, pero su nueva empleada le había causado muy buena impresión. Había algo en ella que le gustaba, además de su físico, pensó, recordando sus cándidos ojos verdes, su pulcro peinado, sus uñas cortas y sin pintar... Y el tono suave y agradable de su voz... una voz que no le pondría nervioso.

De todas maneras, lo que de veras importaba era si ella podía satisfacer sus expectativas en el trabajo y si estaba preparada para trabajar todo el día cuando fuera necesario.

Rumiando su entrevista con Sabrina Gold, Alexander llegó a la conclusión de que iba a ser muy diferente de Janet. Para empezar, Janet era una abuela obsesionada con su familia y sus nuevos nietos, mientras que Sabrina era joven y, por lo que había deducido, no tenía ataduras emocionales. Eso tenía que ser algo positivo, caviló. Así, nada se interpondría en su relación profesional.

Sintiéndose inquieto, como siempre le ocurría al comienzo y al final de una novela, Alexander decidió ir a dar un paseo antes de sentarse para seguir escribiendo.

Disfrutó de la tarde cálida y agradable mientras caminaba hacia el parque y, de pronto, recordó con nostalgia su casa de Francia. Con un poco de suerte, podría arreglárselas para estar allí a finales de octubre. Sólo había conseguido ir dos veces ese año y habían sido muy rápidas. Tal vez, podría intentar pasar allí la Navidad. El plan le apetecía mucho, pues así podría evitar a la familia y el maldito espíritu navideño que tanto le fastidiaba. Podía inventarse la excusa de que tenía que escribir un nuevo libro y precisaba soledad y silencio.

No podía quitarse de la cabeza su lujosa casa francesa. Era un gran establo reformado, en medio de viñedos y campos de olivos. En su ausencia, sus vecinos, Marcel y Simone, se encargaban de cuidársela. Tenía una gran piscina en el jardín donde, en las noches de verano, compartía cenas y el buen vino de la tierra con sus amigos.

Ya había oscurecido y Alexander seguía vagando por el parque, perdido en sus pensamientos. Estuvo a punto de tropezarse con una pareja que estaba besándose, tumbados en el césped. Se disculpó a toda prisa y se alejó. Sin embargo, ellos apenas repararon en él.

Por alguna razón que no podía explicarse, una profunda tristeza lo invadió durante unos segundos. Recordó su juventud y las mujeres que había habido en su vida. ¿Por qué nunca había querido comprometerse? ¿Por qué no podía recordar más que una interminable lista de aventuras? ¿Acaso su fracaso sentimental con Angelica le había traumatizado para siempre? Casi habían pasado diez años desde entonces...

Al llegar a casa, Alexander se sirvió otro vaso de whisky y se tumbó en la cama. Diez minutos de descanso le sentarían bien, pensó, así se despejaría la mente y podría terminar mejor el capítulo que se le estaba atragantando.

Casi de inmediato, cayó profundamente dormido. Y comenzó a soñar.

Estaba tumbado desnudo junto a una hermosa mujer. Ella respondía a su contacto con pasión y lo animaba a acariciarle las piernas, los pechos... Al mismo tiempo que la poseía, ella le entregaba su boca, cálida y húmeda...

De pronto, Alexander se despertó. Se incorporó de golpe, empapado en sudor. ¿Qué diablos? ¿Por qué había soñado algo así? No recordaba cuándo había sido la última vez que se había dejado envolver por sensaciones tan eróticas y apasionadas.

Se levantó de la cama, se quitó la ropa y entró en el baño. Lo que necesitaba era una larga ducha de agua fría, se dijo.

En el sueño, la mujer con la que había hecho el amor había sido alguien que conocía. Una joven no muy alta, con pelo largo liso, uñas sin pintar y ojos enormes de gato.

Capítulo 2

A LAS OCHO en punto a la mañana siguiente, con pantalones negros y una blusa de rayas grises y blancas, Sabrina se presentó delante del número trece. Justo cuando iba a tocar el timbre, la puerta se abrió y se encontró de frente con una mujer de mediana edad que salía de la casa con un par de bolsas en las manos.

—Hola –saludó Sabrina.

—¿Señorita Gold? –dijo la otra mujer, haciéndose a un lado para que pasara–. El señor McDonald me ha dejado una nota avisándome de que vendría. Soy María, su asistenta –indicó y sonrió–. No lo he visto esta mañana. Todavía no se ha levantado... ¡Es probable que haya pasado una mala noche!

—Entiendo –repuso Sabrina, un poco intimidada. Por la conversación telefónica del día anterior, había sospechado que sería un hombre madrugador.

—Puedes subir al estudio –señaló María–. Creo que ya sabes dónde está. No creo que tarde mucho en levantarse. Por cierto, la cocina es la primera puerta a la derecha. ¿Por qué no tomas un poco de café? –invitó y sonrió de nuevo–. ¡Como si estuvieras en tu casa! ¡Y buena suerte!

Acto seguido, María se fue, dejando a Sabrina con la sensación de ser una especie de intrusa.

La casa estaba en absoluto silencio y, por alguna razón, Sabrina se sintió incómoda al imaginarse a su jefe en la cama. Mientras subía las escaleras, se preguntó cuál sería su dormitorio. Intentando contener sus pensamientos, entró en el estudio.

El lugar estaba hecho un caos. La alfombra estaba arrugada en un lado y había tres tazas vacías manchadas de café en el suelo. Las dos papeleras junto a la mesa estaban repletas de bolas de papel arrugadas y había polvo por todas partes. Haciendo una mueca, Sabrina pensó que era obvio que aquella habitación estaba fuera de la jurisdicción de María. Hacía mucho calor allí dentro y olía a cerrado, así que abrió una de las ventanas para que entrara el aire.

—Buenos días.

La inesperada voz de Alexander McDonald la hizo girarse de inmediato. Con el pulso acelerado, lo miró. Llevaba unos pantalones anchos y una camisa negra, con el pelo revuelto y todavía húmedo de la ducha. No estaba afeitado. Se acercó y la miró con aquellos seductores ojos oscuros durante un momento.

—Siento no haberte podido recibir —dijo él y tragó saliva. El recuerdo de su fantasía de la noche anterior seguía fresco en su memoria. ¿Cómo podía olvidarse de ella y actuar con normalidad?, se preguntó y enderezó los hombros—. No me acosté hasta muy tarde anoche. Bueno, en realidad, me acosté temprano esta mañana —señaló—. Lo que pasa es que, cuando estoy trabajando, no puedo dejarlo hasta que no quedo satisfecho con lo que he hecho, no me importa la hora que sea. Aunque la verdad es que anoche no quedé nada satisfecho...

Sabrina frunció el ceño, sin saber qué decir. Se apartó un poco de él, hacia su mesa.

–Bueno, igual un nuevo día le traiga nuevas ideas –sugirió ella. Sin poder evitarlo, se había sonrojado. De pronto, se dio cuenta de que iba a estar a solas con uno de los hombres más deseados de Londres, durante muchas horas.

La amenaza de sentirse atraída por un miembro del sexo opuesto alarmó a Sabrina. No iba a dejarse atrapar por aquello de nuevo. Ya había sufrido bastante la crueldad del destino y el dolor de tener el corazón hecho pedazos.

Si no hubiera sido por aquel trágico accidente, ella estaría casada con Stephen. Pero su prometido había perdido la vida en un partido de rugby. Nunca había recuperado la conciencia después de haber sufrido un golpe en la cabeza.

Sabrina se había sentido la mujer más feliz del mundo cuando Stephen le había pedido que se casara con él. No sólo porque era el hombre más guapo del mundo para ella, sino porque era divertido, leal y de buen corazón. Le había prometido a Sabrina que Melly podría quedarse en casa con ellos, siempre que lo necesitara. Había sido todo demasiado bonito para ser verdad. No era común que un hombre comprendiera su sentido de la responsabilidad hacia su hermana. Su padre las había abandonado hacía mucho tiempo y su madre, Philippa, se había vuelto a casar cuando ellas habían sido adolescentes. Philippa vivía en Sídney con su esposo y apenas iba a verlas a Londres. Por eso, ella se creía en la obligación de atender a su hermana. Se había convencido a sí misma de que el amor no volvería a formar parte de su película y de que no necesitaba a ningún hombre a su lado.

Sin embargo, la excitación que invadía sus sentidos decía otra cosa. Era innegable que Alexander McDonald le atraía. El hombre no tenía la culpa, pero la situación se prestaba a todo menos a tener una aséptica relación profesional...

Alexander sacó su silla y se sentó, posando la mirada en el caos de su escritorio.

—Al menos, debí haber retirado las tazas antes de irme a la cama —comentó él y miró a Sabrina—. Siéntate.

—De acuerdo, señor McDonald.

—Puedes llamarme Alex —indicó él y sonrió.

Sin poder contener su tren de pensamientos, Sabrina se preguntó lo que sentiría al tener aquella apetitosa boca sobre la suya. Era un hombre demasiado guapo, pensó. Sin embargo, también percibió algo más tras sus atractivas facciones. Había algo más que era a la vez excitante e intrigante. Entonces, apartó la vista de él, con el miedo irracional de que pudiera leer sus pensamientos.

—¿Tienes algún encargo para mí... para empezar? —preguntó ella, tras aclararse la garganta, y miró a su alrededor. Esperaba que no le pidiera ideas brillantes para el proyecto en que parecía estar atascado. Ella nunca había sido buena escritora, aunque era una voraz lectora. Sin embargo, los libros de Alexander McDonald solían ser novelas densas y oscuras, casi siempre sin final feliz. No eran la clase de lectura que ella hubiera elegido tras un largo día escuchando problemas de sus pacientes.

—¿Has leído alguno de mis libros? —quiso saber él, intentando con desesperación apartar la mirada.

Sabrina se sonrojó de nuevo. ¡Parecía que él le estaba leyendo la mente!

—No —repuso ella—. He leído reseñas sobre tus libros y me ha dado la sensación de que son... demasiado densos para mí —explicó y titubeó—. Suelo leer una o dos horas antes de dormir y lo que busco son lecturas que me relajen y me distraigan, no que me hagan pensar ni preocuparme.

Hubo un momento de silencio. Sabrina rezó por no haber metido la pata. Si no tenía cuidado, se podía quedar sin empleo en cualquier momento. No esperaba que Alexander McDonald aceptara su crítica y, menos aún, su falta de interés.

Sin embargo, Alexander se limitó a sonreír, con mirada escrutadora. Pensó que ella bien podía haber mentido diciendo que había leído todos sus libros y le encantaban. Pero había sido sincera.

Se levantó, se acercó a ella y la miró con intensidad.

—Bien. Eso significa que no tienes ideas preconcebidas. Tu opinión puede ser muy valiosa para mí —indicó él e hizo una pausa—. Janet, mi leal secretaria durante los últimos quince años, me ayudaba con esto de vez en cuando. Pero últimamente, sólo intentaba complacerme, decirme lo que creía que yo quería oír. Eso no me gusta —confesó y se metió las manos en los bolsillos—. Fue un alivio que decidiera dimitir.

Sabrina tragó saliva y se mordió el labio. Todo

apuntaba a que su lista de tareas no iba a tener nada de estereotipado. Pero no había contado con que incluyera tener que dar su opinión sobre el trabajo de uno de los escritores más famosos del mundo. Haría todo lo posible, se dijo. Y podía terminar siendo un reto interesante.

Alex se giró, tomó una gran agenda y se la tendió.

–Ésta es una parte esencial de mi vida, Sabrina –señaló él–. Y, a partir de ahora, tú serás encargada de ella. Necesito que me recuerdes con frecuencia las citas que tengo y con quién. Suelo ser muy olvidadizo –añadió–. Ah. Y prefiero que te encargues tú de responder el teléfono. Sólo tienes que decir a quien llame que espere un momento, mientras yo decido si quiero ponerme o no. Si es así, me pondré en mi teléfono. Si no, te haré una seña para que te inventes cualquier excusa.

Durante la siguiente hora, Alexander le estuvo explicando cómo tenía que hacer las cosas.

–Si recoges demasiado, no sabré dónde encontrar lo que busco –indicó él.

Sabrina sonrió para sus adentros, diciéndose que había tenido razón al pensar que a María no se le permitía entrar allí.

–Al menos, ¿puedo limpiar el polvo de mi mesa y la tuya? –preguntó ella–. Creo que les vendría bien.

Alex se encogió de hombros, como si nunca se le hubiera pasado por la cabeza el problema del polvo.

–Como quieras.

Por último, su jefe le tendió una pila de folios garabateados a mano.

–Pasa esto a máquina e imprímelo, por favor. A ver si entiendes mi letra.

Sabrina respiró hondo. Sabía que podía hacer ese trabajo. Y lo necesitaba. Además, Alexander McDonald le producía cierta ternura.

Estaban bastante juntos, mirando las hojas manuscritas que él le había entregado. Su alta figura le hacía a Sabrina sentir pequeña e insignificante. Cuando él pasó una página, sus manos se rozaron y ella se estremeció al sentir el contacto de sus largos y cálidos dedos.

Apartándose de él un poco, Sabrina intentó mantener a raya sus pensamientos y procedió a encender el ordenador, pensando que la letra no era imposible de entender, aunque le llevaría tiempo descifrar las tachaduras y anotaciones al margen que poblaban cada centímetro de papel. Lo peor del trabajo no iba a ser eso, reflexionó, mordiéndose el labio, sino tener que estar tan cerca de su jefe todo el tiempo. Preferiría tener un despacho separado, donde pudiera sentirse libre de aquellos intensos ojos. Esperaba que, al menos, él saliera de vez en cuando y la dejara a solas.

–Me voy al gimnasio dentro de un par de horas –comentó él, como si, de nuevo, hubiera leído sus pensamientos–. Pero, primero, haré café.

Sabrina se puso en pie. Hacer café sonaba como una de las tareas de una asistente personal, ¿no?

–Yo lo haré. María me ha indicado dónde está la cocina.

Alexander asintió y la miró.

–De acuerdo. Aprovecharé para enseñarte algunos detalles domésticos. Es posible que tengamos que hacernos algo de comer al final del día.

Sabrina lo siguió a la cocina, recordando que el día

anterior él le había advertido de que podían quedarse a trabajar hasta tarde. Entonces, pensando en el mal aspecto que había tenido Melly esa mañana, se encogió un poco.

La cocina era grande y acogedora. Estaba todo inmaculado y los electrodomésticos eran de última tecnología. No como su pequeña cocina, pensó Sabrina, que necesitaba una buena reforma.

Alexander abrió uno de los armarios.

–Aquí encontrarás lo que quieras. O en la nevera –dijo él y la miró–. María me hace la compra y se asegura de que no me falte nada... aunque suelo comer fuera a menudo –añadió e hizo una pausa–. En casa, preparo huevos revueltos y poco más.

Sabrina esbozó una educada sonrisa y se fue a llenar la cafetera.

–Me cambiaré y volveré en un momento a por mi café. Por cierto, me gusta solo –informó él–. Tú puedes tomar lo que quieras de la cocina, tanto si estoy yo en casa como si no.

Sabrina puso el café molido en la cafetera y, justo cuando iba a tomar dos tazas del armario, sonó el teléfono. Ella frunció el ceño. Era un móvil que había sobre la mesa. Lo vio y respondió.

–¿Alexander? –dijo una estridente voz de mujer al otro lado, antes de que Sabrina tuviera tiempo de abrir la boca–. No me has devuelto mis llamadas. ¡Estoy muy enfadada!

–Disculpe –repuso Sabrina–. Un momento, veré si el señor McDonald está en casa.

Hubo una pausa de un segundo.

–¿Eres Janet?

–No, soy la nueva secretaria del señor McDonald. Janet ya no trabaja para él.

–¿De veras? No me ha dicho nada de una nueva secretaria –replicó la otra mujer con tono resentido–. Bueno. Quiero hablar con él, por favor.

–Veré si está en casa –repitió Sabrina–. ¿Puedo preguntar quién llama?

–Soy Lydia –afirmó la otra mujer, un tanto indignada, como si fuera obvio quién era.

–Un momento.

Sabrina dejó el teléfono sobre la mesa y corrió escaleras arriba. Alexander estaba saliendo de una de las habitaciones con una camiseta blanca y pantalones cortos. Tenía un aspecto tan seductor que casi olvidó lo que tenía que decirle.

–Tienes una llamada... Te habías dejado el móvil en la cocina –señaló ella.

–Vaya. Siempre me voy dejando por ahí el maldito aparato –replicó él–. ¿Quién es?

–Lydia –respondió ella y se giró para bajar las escaleras.

Sin decir más, Alexander la siguió y tomó el teléfono.

–Buenos días, Lydia –saludó él.

–¿Por qué no has respondido mis llamadas? Estoy bastante furiosa, Alexander –dijo Lydia al otro lado del auricular, a voz en grito.

–Lo siento, Lydia. Es que he estado muy ocupado porque Janet se ha ido y he tenido que buscar otra secretaria.

–Sí, me acabo de enterar de eso –continuó Lydia–. Tu problema es que trabajas demasiado, Alexander.

Bueno, lo que quería preguntarte es si estás libre para el domingo.

Mientras servía el café, Sabrina no pudo evitar escuchar la conversación que estaba teniendo lugar a su espalda. ¿Quién sería Lydia?, se preguntó. Era obvio que alguien familiar para Alexander, quien por cierto no parecía muy interesado en ella, por la expresión de su cara.

—¿El domingo?

—Sí –repuso la otra mujer–. Mira, esta vez no aceptaré un no por respuesta, Alexander. Habrá mucha gente allí que tú conoces.

—No me gustan las fiestas, Lydia. Y tú lo sabes.

—¡Antes sí te gustaban!

—Eso era hace mucho tiempo, Lydia. Podríamos decir que he dejado atrás esa fase –contestó él–. Las fiestas ya no me divierten.

—Bueno, pues te prometo que en ésta vas a divertirte –insistió Lydia–. ¿Vendrás?

Alexander miró a Sabrina con las cejas arqueadas y gesto de exasperación.

—De acuerdo, está bien. Haré lo que pueda, Lydia.

—¡Estupendo! Por cierto, Lucinda ha vuelto a Londres y estará en la fiesta –informó Lydia e hizo una larga pausa–. Me preguntó si ibas a venir y dijo algo sobre saldar una vieja deuda.

—Dudo que Lucinda y yo nos reconozcamos después de tanto tiempo –comentó él con expresión de amargura.

—Yo no lo dudo –replicó Lydia con una risita–. Estabais muy unidos, ¿no es así?

—Pero ha pasado mucho tiempo, Lydia –repitió

Alexander, irritado–. Bueno, me tengo que ir. Gracias por llamar.

–No lo olvides... el domingo diecisiete. ¡No llegues tarde!

Tras colgar, Alexander tomó su taza, mirando a Sabrina.

–¿Podrías organizarte para acompañarme el domingo diecisiete a esta fiesta de la que, al parecer, no puedo librarme? –preguntó él tras una pausa–. Puede serme útil que estés allí –explicó y se aclaró la garganta–. Siento que sea un domingo, no te lo pediría si no fuera importante que vinieras.

Sabrina frunció el ceño. No había contado con trabajar los fines de semana, pero lo haría si era necesario.

–Cuando llegue a mi casa, comprobaré si estoy libre –respondió ella–. Pero creo que sí.

–Genial. Gracias –dijo él, se tomó el café y se dio media vuelta–. No suelo ver mucho a mi madre y, de vez en cuando, tengo que acceder a sus deseos.

–¿Tu madre?

–Sí. Lydia es mi madre –señaló Alexander y salió de la cocina.

Capítulo 3

A MEDIADOS de la semana siguiente, Sabrina empezaba a acostumbrarse a sus tareas, que sobre todo consistían en revisar el correo que llegaba a montones cada mañana y en encargarse de las llamadas, la mayoría de las cuales Alexander se negaba a responder.

—Siempre quieren que vaya a sitios, que asista a fiestas —gruñó él en una ocasión—. No les hagas ni caso.

Después de que Alexander saliera para el gimnasio el jueves, Sabrina intentó concentrarse en su terrible caligrafía. Poco a poco, había aprendido a descifrar el significado de su prosa sutil y sofisticada. Se sentía, incluso, privilegiada de ser la primera en leer el producto de su ilustre mente de escritor.

Sin embargo, de pronto, se sorprendió a sí misma tocando con la punta del dedo las palabras escritas, como si así estuviera más cerca de tocarlo a él. ¿Cómo podía estar pensando en algo así?, se reprendió a sí misma. Pero no podía negar que Alexander McDonald estaba despertando en ella peligrosos sentimientos que había creído desaparecidos para siempre.

El viernes por la tarde, Sabrina le entregó las hojas impresas y él pareció complacido con el resultado.

–Muchas gracias –dijo Alexander tras examinar cada hoja con cuidado–. Ha quedado muy bien –añadió y le lanzó una mirada a su secretaria, pensando que había cumplido con el encargo más rápido de lo que había esperado.

Por suerte para Sabrina, Alexander se iba al gimnasio todos los martes y jueves por la mañana y, en ese tiempo, no tenía que estar pegada a él. También había salido en un par de ocasiones para reunirse con su agente. Era mucho más fácil concentrarse cuando estaba sola, sobre todo, después de que lo hubiera sorprendido dos veces mirándola con gesto pensativo. Ella se había sonrojado de inmediato, recorrida por un mar de sensaciones.

–Estaba admirando la velocidad a la que tecleas, Sabrina –había explicado él enseguida, notando su incomodidad–. Yo sólo escribo con un dedo.

–Bueno, yo sólo me encargo de la parte fácil. Quiero decir que no soy yo quien lo escribe en realidad –había replicado ella–. ¿Cómo consigues componer un trabajo tan hermoso e intrincado?

–Con mucha dificultad, casi siempre –había asegurado él–. Alguien dijo una vez que escribir es como esculpir bloques de granito... y es lo que me parece a mí muchas veces.

–Bueno, pues al leerlo no lo parece –había contestado ella con sinceridad–. Todas estas palabras que he mecanografiado parecen estar a punto de escaparse del papel.

Alexander se había mostrado satisfecho con esa observación.

–¿Quieres decir que igual algún día lees un libro mío? –había preguntado él, sonriendo.

En el poco tiempo que lo conocía, Sabrina tenía que admitir que era un jefe mucho menos exigente de lo que había esperado. No había tenido ocasión de verlo malhumorado, como le había advertido él en la entrevista. Pero quizá fuera la calma que precedía a la tempestad, pensó.

Lo que sí temía Sabrina era la fiesta de Lydia. Temía tener que estar entre desconocidos durante horas. Tampoco le entusiasmaba la idea de estar junto a su atractivo jefe en un ambiente festivo. ¿Por qué le había pedido él que lo acompañara? ¿Qué esperaba de ella?, se preguntó y se encogió de hombros. De todos modos, sólo duraría unas horas y el excelente salario que Alexander le pagaba lo compensaría con creces.

En aquel momento, Sabrina miró a su jefe, que estaba sentado detrás del escritorio, escribiendo a toda velocidad. A ella se le aceleró un poco el corazón, estremeciéndose al contemplarlo. Todo su cuerpo exudaba sensualidad. No era sólo su aspecto físico, sino algo indefinible que irradiaba de su interior.

Alexander McDonald debería llevar una señal de peligro pegada en la frente, pensó ella. Era obvio que él no tenía intención de atarse a ninguna mujer, si no, se habría comprometido ya. Sin embargo, era uno de los solteros más codiciados de la ciudad.

Mientras seguía observándolo con atención, Sabrina se dijo que había empezado a comprenderlo un poco. Sin duda, él estaba casado con su trabajo y vivía su vida a través de sus personajes. Con eso le bastaba.

–¿Puedes hacer té? –pidió él, levantando la vista.

Un poco avergonzada, Sabrina se preguntó si se habría dado cuenta de que había estado contemplándolo.

–Sí. Eso iba a hacer –repuso ella, se levantó y salió.

En la cocina, cuando estaba llenando la tetera, sonó el móvil de Sabrina. Se lo sacó del bolsillo, frunciendo el ceño, pensando que sólo podía ser Melly.

–¡Sabrina! –exclamó su hermana al otro lado del auricular–. ¿A que no lo adivinas? ¿Recuerdas que sustituí a una chica para dar sus clases de baile? Bueno, me han pedido que vuelva a dar clases, ¡pero esta vez para algo mucho más excitante!

–Cuéntame –dijo Sabrina con paciencia.

–¡Me han ofrecido ir a España! Para enseñar en una escuela de verano. Es un contrato de dos semanas que incluye clases de aerobic, danza y creo que también canto. Ya se ha apuntado mucha gente de todo el mundo. Sólo necesito mi pasaporte y preparar la maleta. Bueno, y algo de dinero, claro... ¡El avión sale el domingo por la mañana!

Melly apenas paró para tomar aliento.

–Es una oportunidad excelente, Sabrina... y conozco a dos de los monitores. Ellos ya lo han hecho antes y dicen que es genial y muy divertido. Son como vacaciones pagadas... ¡y nos darán un sustancioso cheque al final! ¿Qué te parece?

–Trae a casa toda la información para que la vea, Melly –pidió Sabrina–. Pero me parece bien. ¡Aunque serán unas vacaciones un poco cansadas para ti! –añadió y se mordió el labio, rezando porque su hermana no sufriera ninguna crisis depresiva durante el trabajo.

–Ya lo sé. Tendré que dar varias clases al día, pero

también tendré mis descansos –informó Melly e hizo una pausa–. Lo que pasa es que no tengo mucho dinero... ¿podrías dejarme algo? Te lo devolveré cuando vuelva.

–No te preocupes por eso, yo me ocuparé –repuso Sabrina, pensando que aquella oportunidad podía ser estimulante para Melly y ayudarle a tener mejor autoestima.

El domingo por la mañana temprano, Sabrina despidió a su hermana en el minibús que la llevaría al aeropuerto. Aquélla iba a ser la primera vez en mucho tiempo que Melly se separaba de ella y de su casa.

Suspirando, caminó hasta donde había aparcado el coche. Melly tenía veintiséis años, ya era mayor. De todos modos, era su hermana pequeña, frágil y vulnerable ante los imprevistos de la vida. Ella esperaba que todo saliera bien en su viaje y que no tuviera complicaciones.

Por otra parte, se sentía aliviada por haber conocido al jefe de la excursión, un hombre joven llamado Sam que le había asegurado que todo el mundo estaba en buenas manos y que el evento estaba muy bien organizado.

Conduciendo despacio de vuelta a casa, Sabrina pensó en la fiesta de esa misma noche. No le había gustado el sonido de la voz de Lydia. Además, era extraño que Alexander llamara a su madre por su nombre. Quizá, eso era lo que hacía la gente de la alta sociedad, caviló.

De pronto, otro pensamiento la asaltó. ¿Qué iba a

ponerse? Alexander no le había dado ninguna pista. Sólo le había dicho que estuviera lista a las siete en punto, hora a la que pasaría a recogerla.

Tendría que recurrir una vez más a su vestido negro, se dijo Sabrina mientras aparcaba delante de su modesta casa. Era de buena calidad y, con él, siempre se sentía segura de sí misma. Si no le añadía ningún complemento ni se ponía joyas, sería perfecto para su papel como secretaria de Alexander McDonald. Aunque lo más probable era que él ni se diera cuenta de qué llevaba puesto, pensó.

Esa noche había mucho tráfico y no llegaron a la mansión de los padres de Alexander, en la campiña de Surrey, hasta más de las ocho.

Al ver la enorme casa con todas las luces encendidas y escuchar el sonido de voces y risas dentro, Sabrina sintió la urgencia de saltar del coche y salir corriendo. Pero, al recordar con quién se encontraba, desechó la idea y se propuso actuar como la perfecta asistente personal.

Una criada uniformada abrió la enorme puerta de roble y los invitó a entrar en un salón inmenso. Había allí más de cien personas, calculó Sabrina.

Tras recorrer la sala con la mirada, Alexander supo que no se había equivocado al no querer ir. Era una de las típicas fiestas de su madre, a las que invitaba a todo el mundo que conocía, sobre todo a mujeres que hablaban demasiado alto y bebían más de la cuenta. Algunas de ellas eran muy ricas.

Posando la mano en el brazo de Sabrina, la guió hacia la mesa donde estaban las bebidas. Antes de que pudieran servirse nada, la inconfundible aguda voz de

Lydia se acercó a ellos por detrás. La madre de Alexander era una mujer muy bella, con un vestido color púrpura brillantes y los labios pintados de rojo pasión. Con cuidado de que no se le estropeara el maquillaje, abrazó a su hijo y le ofreció la mejilla para un beso.

–¡Alexander! ¡Cariño! ¡Temía que no aparecieras!

Sí, Alexander conocía esa sensación, pero no dijo nada, recordando las incontables veces en que se había sentido abandonado por su madre, cuando no había asistido a las exhibiciones y eventos para padres del colegio privado. En todas aquellas ocasiones, él la había esperado siempre hasta el último minuto. Pero, sin duda, Lydia debió de sentir que sus obligaciones maternales habían terminado cuando su hijo se había ido a vivir fuera de casa, a la tierna edad de siete años.

Él no había olvidado las palabras de su madre el día en que se había ido al colegio interno.

–Recuerda, Alexander, ya no eres un niño. Debes aceptar tus responsabilidades –le había dicho ella–. Y, a partir de ahora, quiero que me llames Lydia, no mamá, ¿entiendes? Eso es sólo para niños pequeños y tontos.

–¿Y cuando te escriba no puedo poner «querida mamá»? –había preguntado Alexander con desasosiego.

–Claro que no –había respondido su madre–. Alguien podría verlo. Pon «querida Lydia», ése es mi nombre.

Mirando a su madre en ese momento, Alexander se dio cuenta de que su hermano mayor Bruno y él no habían discutido ni cuestionado los deseos de Lydia. Al menos, su padre, nunca les había pedido tal cosa y siempre lo habían llamado «papá». Al parecer, Angus no estaba en la fiesta esa noche, pensó, pero eso no era nada nuevo. Sus padres llevaban años viviendo vidas separadas.

–Sí... había mucho tráfico –dijo Alexander, respondiendo al comentario de su madre.

–Lo que importa es que ya estás aquí. Bruno tenía un compromiso, nada nuevo –comentó Lydia con un fingido puchero–. Al parecer, tenía una reunión de trabajo. De todas maneras, hay muchos amigos tuyos aquí esta noche, todos quieren verte. ¡Hacía mucho que no salías! ¡Algunos creían que habías desaparecido de la faz de la Tierra!

–Bueno, espero que cuando me vean, sabrán que no es así –repuso Alexander con tono seco. Miró a Sabrina–. Como sé que eres flexible con tu lista de invitados, he traído a mi asistente personal conmigo. Se llama Sabrina.

La madre de Alexander no había reparado en ella o, si lo había hecho, había preferido ignorarla.

–Ah, sí –dijo Lydia, lanzándole una rápida ojeada–. Recuerdo haber hablado contigo por teléfono. ¿Qué tal estás? –añadió sin esperar respuesta. Al instante, agarró a su hijo del brazo–. Ven. La cena se servirá dentro de media hora, así que tienes tiempo de ponerte al día con tus amigos.

Alexander apretó los labios, apartándose del contacto.

–Todo a su tiempo. Sabrina y yo queremos tomar algo primero.

–Bueno, no tardes –contestó Lydia, saludando a alguien en la otra punta de la sala–. Allí está Danielle. Tengo que ir a hablar con ella... –señaló y se alejó.

Saludando con la mano a varias personas que intentaban ganarse su atención, Alexander sirvió dos vasos de vino blanco y le tendió uno a Sabrina. Sus ojos se encontraron un segundo. Él la observó con atención, fijándose por primera vez en lo que llevaba puesto. El vestido negro se ajustaba a sus curvas a la perfección y llevaba el pelo elegantemente recogido. Le daba un aspecto distinguido y destacaba aquellos ojos verdes y brillantes. No llevaba ni una joya ni maquillaje, al menos, a simple vista. ¿Pero para qué? No lo necesitaba: sus atributos naturales eran más que suficientes.

Irritado por sus propios pensamientos, Alexander apartó la vista y le dio un trago a su vaso. Ya no estaba interesado en las mujeres, se recordó a sí mismo. Los días de vino y rosas habían pasado, sobre todo, cuando la vida le había enseñado a apartarse de la clase de féminas que intentaban cazarlo. Solían ser mujeres vanas e interesadas, casi todas promiscuas.

Por su experiencia, había llegado a la conclusión de que no le caían bien las mujeres. Admiraba su físico, por puro instinto masculino, pero no había conocido a ninguna capaz de comprometerse y ser fiel a alguien como él, forzado a trabajar durante horas en soledad y poco amigo de la vida social.

De una cosa estaba seguro: no repetiría el error de su padre, casándose con una mujer que sólo había buscado su dinero. Estar solo le resultaba cómodo, aunque no siempre satisfactorio del todo, reconoció para sus adentros, frunciendo el ceño.

Solucionar la vida de sus personajes ya era bastante difícil como para tener una mujer real con la que lidiar.

Hacía mucho tiempo que había decidido mantenerse alejado de ellas.

Al notar que él la miraba, Sabrina se sonrojó.

—¿Estará aquí tu agente? —preguntó ella, para romper el silencio—. ¿O alguien de tu editorial? —añadió, dudando cuál era su papel allí.

—Cielo santo, espero que no —contestó él—. No, ésta es una de las estúpidas fiestas de mi madre y no quería venir solo, eso es todo.

Ésa era la verdad, pensó Alexander. Se había dejado llevar por un impulso al pedirle a Sabrina que lo acompañara, intuyendo que, por alguna razón, eso haría la noche más soportable. Y a ella no había parecido importarle.

Entonces, de pronto, tres mujeres se acercaron a Alexander como un terremoto, hablando todas a la vez y abrazándolo de forma efusiva. A él casi se le cayó el vaso.

—¡Alex! —exclamaron las tres a coro—. ¿Dónde te habías metido?

Alexander dejó el vaso en la mesa y las miró.

—He estado trabajando. ¿Qué tal estáis? Aparte de guapas como siempre, claro.

Las tres sonrieron encantadas por el cumplido y comenzaron a hablar, cada una más alto que la anterior, intentando acaparar su atención. Sabrina se quedó observándolas, fascinada por sus exagerados modales y por cómo Alexander respondía a sus preguntas con encanto y calma. Era obvio que estaban hipnotizadas por el famoso, atractivo y huraño Alexander McDonald.

Sabrina apartó la vista, sintiéndose de pronto como

una *voyeur*. Pero se dio cuenta de que ninguna de las tres damas, que tenían a Alexander rodeado, se había percatado de su presencia. Bueno, una de las cualidades de una buena secretaria era saber hacerse invisible, pensó.

Tras unos minutos, Alexander se apartó de ellas y tomó a Sabrina del brazo.

–Sally, Debbie, Samantha... os presento a mi secretaria, Sabrina –dijo él y, por primera vez, las mujeres se dignaron a mirarla.

En ese instante, una cuarta mujer se unió al grupo y rodeó a Alexander con sus brazos.

–Alex –musitó la recién llegada–. Al fin...

–Hola, Lucinda –saludó él, soltándose de su abrazo–. Estás tan bonita como siempre –comentó y atrajo a Sabrina a su lado–. Te presento a mi nueva secretaria, Sabrina.

Lucinda era alta, de pelo negro y llevaba un ajustado vestido rojo con escote que no dejaba nada a la imaginación. Miró a Sabrina con gesto de curiosidad.

–Ah. ¿Y qué ha pasado con la pequeña y vieja Janet? –preguntó Lucinda a Alexander–. ¿Murió en silencio sobre su escritorio?

–La pequeña y vieja Janet, como tú la llamas, decidió que estaba harta y que quería pasar más tiempo con su familia –replicó él.

Sabrina se percató de que el comentario de Lucinda había enfurecido a su jefe.

–¿Entonces tú eres la mecanógrafa ahora? –inquirió Lucinda, posando los ojos en Sabrina–. Tengo curiosidad por saber cómo podrás manejarte con el gran *genio*.

–No he tenido problemas hasta ahora –contestó Sabrina, incómoda por estar con esas compañías.

Lucinda se encogió de hombros.

–Es difícil encontrar buenas mecanógrafas –observó Lucinda–. Lo sé por propia experiencia. Aunque me temo que cualquier trabajo de secretaria es muy aburrido. Yo lo veo sólo como algo temporal antes de encontrar una ocupación más satisfactoria, ¿no crees? Yo tengo mi propia empresa de marketing –puntualizó con aire de importancia–. Y paso la mayor parte del tiempo fuera del país. Mi secretaria tiene que ocuparse de todo en la central de Londres, ¡pero es tan inútil y vaga!

–Está claro que has perdido tu capacidad de ver con claridad, Lucinda –interrumpió Alexander con calma–. Yo no tengo esos problemas. Janet fue una mujer buena, leal y trabajadora. Y estuvo conmigo quince años –añadió e hizo una pausa, mirando a Sabrina–. Y espero que Sabrina rompa ese récord –afirmó, aunque sospechaba que no era probable y que su secretaria querría retomar su profesión en algún momento.

Lucinda tomó a Alexander del brazo.

–Oh, no perdamos el tiempo hablando de trabajo. Dime, Alex, ¿recuerdas nuestro trato?

–¿Qué trato?

–No me puedo creer que lo hayas olvidado.

–Mala suerte, Lucinda –se mofaron las otras tres mujeres–. Ya te dijimos que lo habría olvidado.

–Pues yo te lo recordaré, Alex –insistió Lucinda–. Acordamos que, cuando yo volviera a Inglaterra, nos *reencontraríamos*. ¿Ahora te acuerdas?

–Eso fue hace mucho tiempo, Lucinda –contestó él

con calma, pensando que sólo había aceptado el trato para quitársela de encima.

–Bueno, pues Lydia no lo ha olvidado. Tu madre ha preparado el ala oeste para quien quiera quedarse a dormir esta noche, Alex –dijo Lucinda con voz sugerente, mirándolo a los ojos–. Así, podremos hablar con calma, a solas.

Sabrina se sintió avergonzada ante aquella conversación con tintes tan íntimos. No por ella misma, sino por Alexander. Sin embargo, él se limitó a encogerse de hombros, como si Lucinda hubiera hablado sólo del pronóstico del tiempo.

–Me temo que no puede ser –señaló él con naturalidad–. Siempre madrugo los lunes, tengo mucho trabajo por hacer.

En ese momento, Lydia se acercó a ellos con una amplia sonrisa al ver a su hijo rodeado por encantadoras féminas.

–¡Qué maravilla! ¡No hay nada como reunirse con los viejos amigos! –exclamó Lydia, ignorando a Sabrina por completo, y se miró el reloj de oro que llevaba en la muñeca–. La cena está lista, venid. ¡La noche es joven!

Sabrina se sintió furiosa por encontrarse en esa situación, en la que la anfitriona estaba dejando claro que no la aceptaba como invitada. Después de todo, Alexander no había avisado a su madre se que iba a llevarla. Ella no podía estar más incómoda, como pez fuera del agua.

Entonces, aunque el ruido que había en el comedor era ensordecedor, no impidió a Sabrina escuchar lo que Lydia le decía a su hijo mientras entraban.

–¿Cómo diablos se te ha ocurrido traer a esa mujer contigo esta noche, Alexander? –se quejó Lydia.

–¿Por qué? ¿Tienes algún problema?

–Sí. Te he sentado con la gente que conoces. No tenía ni idea de que ibas a traer a alguien contigo, así que tu secretaria tendrá que sentarse al otro lado de la mesa. ¿Te parece bien?

Alexander esperó unos momentos antes de responder.

–No, me temo que no, Lydia. Por muchas razones.

–Por favor, no seas difícil –replicó su madre enfadada. Sin molestarse en bajar el tono de voz, continuó–: Esa mujer es tu secretaria. No es una de los nuestros, ¿o sí? ¿No querrá incluirse en nuestro círculo más íntimo de amigos?

«No, si tiene dos dedos de frente», pensó Alexander. Se acercó a Sabrina quien, entre toda aquella gente, le pareció la más deseable de las diosas.

De pronto, llevada por un impulso, Sabrina habló alto y claro, mirando a Lydia de frente.

–No es necesario que se preocupen por mí –dijo Sabrina–. La verdad es que no tengo hambre. Pero acepte mis disculpas, en nombre de Alexander, por haber venido y por no haberle informado con antelación. Los huéspedes no bienvenidos son una desagradable molestia –señaló, con las mejillas sonrojadas por la rabia.

A pesar de las reticencias iniciales de Lydia, enseguida encontró un lugar para Sabrina junto a Alexander. La cena comenzó a servirse.

Lydia estaba sentada a tres puestos de Sabrina y su alta voz podía oírse en un amplio radio de distancia, mientras cotorreaba con las mujeres que había a su lado.

—No puedo comprender por qué la ha traído —señaló Lydia y le dio un trago a su bebida—. ¡Fijaos qué vestido! ¡Debía de creer que esto era una reunión de trabajo y no una fiesta!

—Es obvio que no sabe vestirse, Lydia —replicó Lucinda sin molestarse en bajar el tono de voz—. A mí me parece que tiene aspecto más bien de ratón de biblioteca —añadió con una risita—. ¡Espero que tengas mucho queso preparado para ella!

Las mujeres rieron a carcajadas. Sabrina se sentía tan abrumada que estaba a punto de romper a llorar. No debía haber ido. Y no perdonaría a Alexander por haberla llevado.

De repente, incapaz de seguir tolerando aquello, Alexander se puso en pie y tomó a Sabrina de la mano. Ella lo miró con los ojos llenos de lágrimas.

—Creo que es buen momento para que todo el mundo conozca nuestro pequeño secreto —indicó él en voz alta, tras aclararse la garganta—. ¿No crees, Sabrina?

—¿Qué secreto? ¿Qué te traes entre manos, Alexander? —preguntó Lydia con voz estridente.

—Bueno, para empezar, no podemos quedarnos a cenar.

—¿Por qué no? —inquirió Lydia.

Alexander esperó un segundo, mirando a Sabrina a los ojos y dándole un suave apretón en la mano.

—Me temo que... tu fiesta ha coincidido con un acontecimiento más importante en mi vida, Lydia —repuso él—. De hecho, tenemos que irnos enseguida

—añadió, atrayendo a Sabrina a su lado—. Tenemos que celebrar algo a solas, ¿verdad, Sabrina?

Con los ojos como platos ante el inesperado cambio de planes, pero consciente de que Alexander estaba buscando una excusa para irse, Sabrina lo miró con calma.

—Claro —dijo ella—. No quería meterte prisa, pero tenemos la reserva para las nueve y media y ya es casi la hora —señaló e hizo una pausa—. No podemos llegar tarde.

Lydia parecía a punto de explotar de rabia.

—¿Qué diablos es tan importante para que te vayas así?

Alexander hizo una pausa dramática antes de responder. Posó la mirada en su madre y en las otras mujeres, con una suave sonrisa.

—Esta noche, Sabrina y yo vamos a celebrar que le he pedido que sea mi esposa —afirmó él y miró a los ojos a su secretaria—. Y ella ha aceptado concederme ese honor.

Capítulo 4

CON EL BRAZO sobre los hombros de Sabrina, Alexander la guió fuera de la casa. Ninguno de los dos dijo palabra mientras caminaban hacia el coche.

Alexander apenas podía creer que su madre hubiera sido tan grosera y mal educada. Aunque, si lo pensaba bien, Lydia nunca había tenido en cuenta los sentimientos de los demás y los años, al parecer, no habían hecho más que empeorar su egocentrismo.

En cuanto a Lucinda... prefería no pensar en lo que había dicho de Sabrina. Por lo que a él respectaba, esa mujer no era nada más que un insignificante punto en su pasado.

Al abrirle la puerta a Sabrina para que entrara en el coche, se dio cuenta de que ella estaba furiosa con él.

—Lo siento —se disculpó Alexander cuando se sentó a su lado—. Ha sido la única excusa que se me ha ocurrido.

—¿Para escaparte de una fiesta a la que no querías venir? —le espetó ella—. ¿O será que te has refugiado detrás de mí para darles a tus amiguitas una lección? —añadió. No sólo estaba furiosa, sino que la invadía la ansiedad. ¿Cómo diablos iba a afectar aquello a su trabajo? ¿Cómo iba a poder seguir trabajando con su jefe después de lo que había pasado?

Ella sabía muy bien lo que tenía que hacer: dimitir en ese instante. ¿Pero podía permitirse prescindir del generoso salario?

Intentando calmar su mente sin conseguirlo, Sabrina estaba cada vez más enfadada. Alexander se había aprovechado de ella y de la situación, diciendo la primera estupidez que se había pasado por la mente.

—Alexander —dijo ella, tratando de sonar calmada—. Prometí ser tu secretaria y hacer todo lo que pudiera para ayudarte con tu trabajo. No esperaba tener que formar parte de una mentira así.

—Sí. Me has ayudado mucho —replicó él—. Lo de la reserva para cenar sonó muy convincente —comentó y la miró, percibiendo su enfado—. La verdad es que tengo hambre.

Sabrina se dio cuenta de que se estaba riendo de ella y tuvo ganas de golpearlo.

—No tiene ninguna gracia —le reprendió ella—. Seguro que el anuncio que has hecho saltará a la prensa, eres un hombre famoso. ¿En qué estabas pensando?

—Estaba pensando en ti —contestó él tras unos momentos—. Y en cómo debías de estar sintiéndose. Estaba tan furioso por el comportamiento de mi madre que decidí darles una buena lección —señaló y miró a Sabrina un momento, pensando en su aspecto vulnerable e indefenso y, al mismo tiempo, tan deseable—. Por otra parte, te aseguro que no me refugio en nadie. Si esto salta a la prensa, lo negaremos, eso es todo. El rumor no se sostendrá mucho tiempo —aseguró y arrancó el motor–. Y no te preocupes. Estás a salvo conmigo. No tengo la intención de casarme con nadie, nunca.

En su mansión, Lydia miró a su alrededor, rodeada por un grupo de invitadas que había presenciado el sorprendente anuncio de Alexander. Decida a no dejar que aquello estropeara la fiesta, intentó quitarle hierro al asunto.

–¡Qué tontería! Claro que no se van a casar. Mi hijo es escritor. ¡Siempre está inventando cosas! ¡Se gana la vida con eso! –exclamó Lydia y miró a sus invitadas con gesto de advertencia–. No quiero que ni una palabra de esto salga de aquí. Ni una. Espero haber sido clara.

Las cinco o seis mujeres aludidas no tuvieron otra opción que aceptar no hablar de ello.

Sentada junto a Alexander en el coche, Sabrina empezó a calmarse un poco. Aunque le había parecido algo muy impetuoso por su parte, entendía que él lo había hecho para defenderla. Sin embargo, una mentira así no era algo que a ella le interesara. Respirando hondo, dejó escapar un largo suspiro y decidió ofrecerle una tregua.

–Yo también tengo hambre.

–Estupendo. Ya sé dónde podemos ir –contestó él con una amplia sonrisa.

Veinte minutos después, Alexander tomó un desvío de la autopista. Enseguida, llegaron a un lugar con un cartel de madera que rezaba The Woodcutter.

–Espero que te guste –dijo él, mirándola tras aparcar–. No vengo a menudo, pero es uno de mis sitios favoritos para comer.

Sabrina posó los ojos en el edificio de madera, rodeado de árboles y arbustos. Las ventanas estaban iluminadas con una luz de tonos rosados. Tenía un aspecto muy acogedor.

–Bueno, a primera vista, parece agradable. Está bastante alejado. ¿Cómo lo conociste?

Alexander sonrió, sintiéndose alegre y optimista, no sólo porque se habían escapado de la fiesta de su madre, sino porque estaba allí con Sabrina. Se dio cuenta, sorprendido, de lo rápido que se estaba acostumbrando a su compañía y era perfecta para el puesto de asistente personal. Tenía mucha suerte de haberla encontrado, pensó.

–Lo encontré por casualidad hace años después de hacerles una visita a mis padres. Hace mucho que no vengo, pero el chef, si no ha cambiado, es buenísimo.

Sabrina esperó a que él le abriera la puerta para salir del coche, decidiendo relajarse y disfrutar de la velada. Lo cierto era que estaba muerta de hambre.

Mientras caminaban hacia la entrada, el sonido de conversaciones tranquilas y risas llegó a sus oídos. Sabrina se alegró mucho de estar allí y no en la fiesta de Lydia. De una pesadilla al paraíso, se dijo.

Al verlos entrar, el hombre que había detrás de la barra sonrió.

–¡Hola, Alex! –llamó el hombre–. ¿Dónde te has metido?

Alexander se acercó a la barra, guiando a Sabrina con él.

–Hola, Grant. Sí, lo siento. He estado fuera de la circulación durante un tiempo –explicó y miró a su acompañante–. He traído conmigo a Sabrina, mi secretaria. Tenemos mucha hambre. ¿Te queda alguna mesa?

Grant asintió. Terminó de servir una cerveza para un hombre en la barra y salió para reunirse con Alexander y Sabrina.

–Sentaos aquí, junto a la ventana, diez minutos. Enviaré a alguien para que os tome nota de las bebidas. A las nueve y media se queda libre una mesa en el comedor, ¿de acuerdo?

Sabrina y Alexander intercambiaron sonrisas.

–Nos viene muy bien, ¿verdad, Sabrina? Gracias, Grant.

Ella se sentó, mirando a su alrededor encantada. Tenía que admitir que era un placer estar allí, además con un hombre tan atractivo como él. Se relajaría y disfrutaría, se dijo a sí misma, notando como él la observaba con atención.

A la luz de la vela que había en la mesa, Alexander intuyó que Sabrina no era una mujer corriente. Tenía cierta profundidad de carácter que lo invitaba a sumergirse en sus misterios.

Entonces, recordó que ella le había contado que tenía una hermana.

–¿Cómo está tu hermana? Creo que mencionaste que no gozaba de muy buena salud.

Saliendo de golpe de sus ensoñaciones, Sabrina dejó el vaso y lo miró.

–Espero que Melly esté bien –contestó ella e hizo una pausa–. Se ha ido a España esta mañana, para dar clases durante dos semanas. Espero que le haga bien el cambio, que la alegre –señaló y le dio un trago a su bebida–. Es para una escuela de baile y canto –explicó–. Me ha mandado un mensaje de texto para decirme que han llegado bien.

Alexander no podía quitarle los ojos de encima a su acompañante, embelesado por su sencilla belleza.

–¿Es más joven que tú? –preguntó él, después de advertir, por su comentario, que Sabrina se sentía protectora con su hermana.

–Sólo un par de años –repuso ella–. Pero, a veces, es demasiado vulnerable y yo tengo que apoyarla –añadió y apartó la vista. Melly estaba muy lejos y no conseguiría nada preocupándose, se dijo.

Sin embargo, ella estaba sentada delante de uno de los hombres más atractivos del mundo, ¡el mismo que acababa de anunciar que iban a casarse! Sin poder evitarlo, se sonrojó al recordar el incidente. Se aclaró la garganta, pensando que no podía dejarlo pasar sin más.

–Sé que le has quitado importancia a lo que pasó en la fiesta de Lydia. Pero yo no tengo tanta confianza en que no haya consecuencias –afirmó ella con cautela, bajando el tono de voz–. Todavía me cuesta creer que dijeras eso –confesó–. Casi me caigo muerta al suelo.

–Bueno, pues lo disimulaste muy bien –observó él de buen humor–. Nadie habría adivinado que no lo supieras o no estuvieras de acuerdo –continuó con una sonrisa arrebatadora–. Olvídalo, Sabrina. Ha sido una salida improvisada, nada más. Y nada ha cambiado entre nosotros –aseguró y se inclinó hacia ella–. Eres mi secretaria y yo soy un jefe que espera que estés a la altura de cualquier situación. Y has satisfecho mis expectativas a la perfección –afirmó y se recostó en la silla, dando el tema por zanjado–. Ah, aquí viene la cena.

Sabrina no tuvo problemas en comerse las deliciosas viandas que les sirvieron, a pesar de estar todavía un poco traumatizada por lo que había pasado en la fiesta.

De todas maneras, Alexander tenía razón. Tenían que olvidarse del incidente y seguir adelante con su relación profesional. ¿Pero sería ella capaz de sentirse cómoda cuando fuera al trabajo al día siguiente por la mañana?

Su jefe parecía por completo ajeno a esas preocupaciones, mientras le hincaba el diente a su filete.

—¿No comes? —preguntó él.

Sabrina sonrió y tomó su tenedor. El primer pedazo de cordero que probó resultó tan delicioso como parecía.

—Estaba pensando.

—¿Y no puedes comer y pensar a la vez? —preguntó él, tomando la mostaza.

Sabrina no se molestó en contestarle.

—¿Por qué llamas a tu madre por su nombre de pila?

—Porque nos dijo que lo hiciéramos cuando éramos niños —contestó él, sin levantar la vista. Le dio un trago a su vino—. A Lydia no le gustó nunca la maternidad, me temo. Supongo que, si no la llamamos mamá, le cuesta menos olvidar que lo es —añadió y se quedó pensativo un momento—. Poco después de que yo naciera, se hizo esterilizar para no tener más descendencia —explicó, apretando los labios—. No sé por qué quiso tenernos a mi hermano y a mí.

Sabrina mantuvo la vista baja mientras lo escuchaba.

—¿Y tu padre? —quiso saber ella, intentando no sonar demasiado interesada.

—Mi padre es distinto. Aunque Lydia nos pidió que

lo llamáramos Angus. Pero a él no le gustaba, así que le llamamos papá.

—¿Estaba en la fiesta esta noche? —preguntó ella con inocencia, consciente de que su lado profesional la estaba animando a ahondar en el aspecto psicológico de la familia McDonald.

—Yo no lo he visto —replicó Alexander—. Aunque nunca le han gustado las fiestas de mi madre. Y, como trabaja en un banco internacional, rara vez está en casa. Tiene la excusa perfecta.

La buena comida y el vino estaban envolviendo a Sabrina en una agradable sensación de calidez, ayudándole a olvidar lo mal que lo había pasado hacía unas horas. Tal vez, la noticia que su jefe había anunciado no saldría de allí, esperó. Así, todos podrían olvidarlo, incluida ella misma.

—Estás pensando otra vez —le acusó Alexander de buen humor.

Ella sonrió y, bajo la luz de las velas, sus ojos verdes le resultaron irresistibles a Alexander, que se quedó embobado mirándola.

—Lo siento. Lo hago mucho. Es parte de mi entrenamiento, me temo.

—¿Hay algún hombre en tu vida, Sabrina?

Titubeando ante la inesperada pregunta, ella sonrió.

—Ya, no.

Hubo una larga pausa, en la que ninguno de los dos habló.

—Stephen, mi prometido, murió en un trágico accidente hace dieciocho meses.

—Lo siento.

Sabrina se encogió de hombros.

–El tiempo pasa. Hay que aceptar lo que la vida nos depara –señaló ella y se apuró su copa–. No pienso casarme. Mi hermana es mi prioridad. Además... –indicó y guardó silencio un instante–. No quiero ponerme a merced del destino nunca más. No merece la pena. El sufrimiento es demasiado.

Horas después, tras haber dejado a Sabrina en su casa, Alexander se sentó en su despacho, con las piernas sobre la mesa, sosteniendo pensativo un vaso de whisky. Había sido una noche muy larga. Y no había salido tan mal como había esperado.

Con sorpresa, tuvo que admitir que había disfrutado de veras de salir un rato con Sabrina Gold. Su secretaria no era como la clase de mujeres a las que estaba acostumbrado.

¿Y qué? ¿Qué era lo que no le estaba dejando dormir?, se preguntó Alexander, frunciendo el ceño. ¿Por qué una mujer tan interesante y hermosa había renunciado al amor para el resto de su vida?

Era la una de la madrugada. Alexander se terminó su bebida y se puso en pie. ¿Qué diablos le estaba pasando? Debería concentrarse en su trabajo, ésa era su única prioridad.

Pero Alexander McDonald sabía muy bien qué le estaba pasando. Por alguna razón, se sentía emocionalmente vulnerable en lo que concernía a su secretaria. ¿Por qué? Tenía que cambiar eso cuanto antes. Y así lo haría. Al día siguiente por la mañana, el cuento de hadas habría terminado... ¡y su relación con Cenicienta sería sólo profesional!

Capítulo 5

SABRINA consiguió mantener la tranquilidad cuando llegó al trabajo al día siguiente, aunque apenas había podido conciliar el sueño.

De nuevo, se encontró con María en la puerta.

—Hola, tesoro —saludó María—. Vaya, estás muy guapa. Me gusta el color de tu blusa.

—Gracias —contestó Sabrina, pensando que ella no se sentía especialmente bien esa mañana. Se había puesto lo primero que había encontrado en el armario.

—Voy a comprarle el periódico al señor McDonald —informó María, pasando delante de ella—. Los dejaré en la cocina, como siempre. El señor está ya en su despacho, trabajando.

Al oír mencionar los periódicos, Sabrina se puso un poco pálida, temiendo que la prensa mencionara el anuncio que Alexander había hecho la noche anterior. No era posible, ¿o sí?

Sabrina llamó a la puerta antes de entrar. Alexander levantó la vista, furioso por estar tan contento de verla, sobre todo, después de la reprimenda que se había dado a sí mismo la noche anterior. Su inesperado interés en su nueva secretaria era algo muy poco típico de él y temía que interfiriera en sus proyectos de trabajo.

–Me gustaría que pasaras a máquina esto cuanto antes –pidió él–. Y, luego, quiero que me lo leas en voz alta –añadió y suspiró–. Creo que estoy consiguiendo llegar adonde quería con la novela, al fin.

Sabrina tomó la gruesa pila de papeles que le tendía. Como habían hablado la noche anterior, su relación seguía siendo estrictamente profesional. Él era su jefe y ella su secretaria. Aunque sólo habían pasado unas horas desde que habían estado sentados uno frente al otro, tomando una copa de vino, contándose su vida...

Ella evitó mirarlo y se puso manos a la obra de inmediato. Enseguida, se concentró de lleno en lo que estaba escribiendo. Era un excelente escritor. Por los capítulos sueltos que había leído, su trabajo la tenía por completo cautivada. No era de extrañar que, en ocasiones, él pareciera inmerso en otro mundo, pensó.

Eran casi las doce cuando Sabrina terminó de pasar todo a máquina y lo imprimió. Estiró los brazos y los hombros. No había cruzado palabra con su jefe durante casi tres horas, ni habían sido interrumpidos por el sonido del teléfono. Se dio cuenta, también, de que no había preparado café y se sintió un poco culpable.

Miró a Alexander, que estaba sentado de espaldas a ella, con la mirada pensativa en el techo. Se aclaró la garganta.

–Lo siento. Estaba tan concentrada que se me olvidó hacer café –se disculpó ella.

–No importa –repuso él, girando la cabeza hacia ella–. De todas maneras, ¿no crees que es hora de que comamos?

De pronto, sonó el teléfono y Sabrina se apresuró

a contestar. Se sonrojó al oír la voz de Lydia al otro lado del auricular.

–¿Hola? Soy Lydia. ¿Alexander? Llevo todo el día intentando localizarte en el móvil, pero lo tienes apagado.

–Eh... un momento, veré si el señor McDonald se puede poner –contestó Sabrina, intentando camuflar su pánico–. Es Lydia –le dijo a Alexander en voz baja.

Arqueando las cejas, él tomó el teléfono que había en su mesa.

–Buenos días, Lydia.

–¿Por qué demonios no respondes el móvil, Alexander? No me gusta llamar a tu secretaria para tener que hablar contigo.

–Hay momentos en que no estoy disponible para nadie, Lydia –explicó él e hizo una pausa–. Dime, ¿qué querías? ¿Todo va bien?

–Claro que sí –afirmó ella y suspiró–. He llamado para ver cómo estabas tú. Me pareció rara la forma en que te fuiste de mi casa anoche. Apenas tuve tiempo de hablar contigo. Supongo que habrás vuelto al trabajo.

Alexander sonrió y le lanzó una mirada a Sabrina. Era obvio que su madre estaba tratando de recabar información. También, adivinó que Lydia iba a fingir que el anuncio de su compromiso con Sabrina nunca había tenido lugar.

–Para mí, el trabajo es lo primero, Lydia, ya lo sabes. De hecho, sólo me quedan cuatro semanas para entregar mi última novela y todavía no he terminado el penúltimo capítulo. Como puedes imaginarte, mi tiempo es precioso.

–Bueno, si estás bien, me alegro, Alexander –dijo

su madre tras un silencio–. Sólo me preguntaba si anoche, tal vez por el estrés, habías exagerado un poco... o si habías perdido la noción de la realidad –añadió, apretando los labios.

Alexander no pudo contener una sonrisa.

–¿Qué te ha hecho pensar algo así, Lydia? No, te aseguro que estoy bien y en plena posesión de mis facultades. No debes preocuparte por mí –repuso él, disfrutando de la confusión que adivinaba en su madre–. Bueno, si no quieres nada más, Lydia, tengo que irme –se despidió–. Mi encantadora secretaria está a punto de prepararme un sándwich antes de la reunión que tengo con mi editor.

Alexander colgó y miró a Sabrina.

–A mi madre siempre se le ha dado muy bien intentar ignorar lo que no le gusta –comentó él y se levantó–. Por eso, no ha mencionado nuestra excitante noticia –señaló y sonrió–. Estoy seguro de que quiere que le dé más información, que lo niegue o lo confirme. Y he disfrutado mucho no haciendo ninguna de las dos cosas. Así que ya está, Sabrina, cuanto menos se hable del tema, antes se olvidará.

Sabrina lo miró con gesto dubitativo.

–¿Y qué pasa con Lucinda... y las demás?

–Seguro que mi madre les ha dado instrucciones precisas de que cierren la boca... De todas maneras, apuesto a que todas estaban borrachas y hoy ya no se acuerdan de nada.

Aunque ella no estaba muy convencida, se dio cuenta de que Alexander debía de tener razón. Él conocía a su madre y sus amigas. Tal vez, no era la primera vez que había hecho algo así, caviló.

Los dos bajaron a la cocina. María había comprado mucha comida y Sabrina preparó unos suculentos sándwiches en un santiamén, con jamón y queso fundido.

Tras hacer café, Alexander se sentó en una de las sillas de la mesa de la cocina y la miró.

–Te he hablado de mis padres –señaló él–. ¿Qué me dices de los tuyos?

–Philippa, mi madre, se mudó a Australia hace diez años con su nuevo marido –respondió Sabrina–. Mi padre nos abandonó cuando yo tenía siete años. Apenas lo recuerdo. Mi hermana sólo tenía cinco años y mi madre tenía que irse a trabajar, por lo que yo me quedaba a cargo de la casa y cuidaba de Melly –explicó e hizo una pausa, tomando su taza de café–. Cuando tenía dieciséis años, mi madre conoció a David, un australiano. Se casaron y se fueron a vivir a Sídney –comentó y le dio un trago al café–. De vez en cuando, tenemos noticias suyas.

–Imagino que creciste antes de la cuenta, Sabrina, con la responsabilidad de cuidar a tu hermana –observó él tras un momento de silencio.

–Yo nunca lo he visto así. Pero sí, supongo que crecí de la noche a la mañana. De todos modos, Melly y yo siempre nos llevamos bien, así que no me costó mucho ocuparme de ella.

–¿Vas a menudo a Australia a ver a tu madre?

–Hemos ido dos veces –contestó ella y titubeó–. El tiempo y la distancia suelen alejar a las personas. Mi madre tiene una vida nueva, nuevos amigos. Es feliz sin tener que preocuparse por nosotras –opinó y torció la boca un momento–. Siempre tuve la impresión de que fue un alivio para ella dejarnos atrás.

Alexander puso gesto solemne durante un momento. Un sentimiento de compasión lo invadió. Sabrina no había tenido una vida fácil, sin embargo, no demostraba ni un ápice de lástima de sí misma.

De pronto, Sabrina esbozó una radiante sonrisa.

–Pero la buena noticia es que mi hermana está en las nubes ahora mismo. Me ha llamado esta mañana y la he escuchado muy contenta. Dice que sus compañeros son amables y divertidos y que le encanta el lugar. Estaba más feliz de lo que ha estado en mucho tiempo.

–Debe de ser un alivio para ti –comentó él, alegrándose por ella.

Entonces, Alexander pensó en su propio hermano, con el que siempre había tenido una relación muy competitiva. Por suerte, ambos habían tenido éxito en diferentes campos profesionales. Pero no disfrutaban de la amistad y la intimidad que, al parecer, compartían Sabrina y su hermana. Miró por la ventana, pensativo, dándole un sorbo a su café. Trató de imaginar cómo se sentiría al ser amado de forma desinteresada, sin expectativas ni condiciones.

Sabrina se levantó.

–¿Más café?

–No, gracias, estoy bien –repuso él y se miró el reloj–. Voy a llevarle a mi editor lo que has impreso. En la mesa, te he dejado los últimos manuscritos, para que los descifres –indicó e hizo una pausa–. Volveré sobre las cinco y media, te avisaré si veo que voy a retrasarme.

–Bien –dijo Sabrina, mientras enjuagaba los platos en el fregadero. Si el jefe estaba fuera, aprovecharía para quitarle un poco el polvo a su despacho, pensó.

Justo cuando iba a salir de la cocina, el teléfono móvil de Alexander sonó.

–¡Hola, Bruno! –respondió él.

Sin duda, era el otro famoso McDonald, el hermano de Alexander, se dijo Sabrina.

–Estoy demasiado ocupado con mis cosas, Bruno, no tengo tiempo –se quejó Alexander, haciendo una mueca. Tras un par de minutos, añadió–: De acuerdo, de acuerdo. Mira, envíame el guión y veré cuándo puedo sacar algo de tiempo para leerlo. Podemos intentar quedar el domingo a la hora de comer para hablar de ello –sugirió–. Hace mucho que no nos vemos, Bruno. Podía ser una buena oportunidad.

Sorprendido por su propia propuesta, Alexander se dio cuenta de que, sin duda, le había influido lo que Sabrina le había contado de Melly. Quizá, su hermano y él también deberían buscar huecos para verse de vez en cuando. Ninguno de los dos lo había hecho hasta entonces, pero nunca era tarde para cambiar las cosas.

Hubo otra pausa mientras escuchaba a su hermano.

–De acuerdo, bien –dijo Alexander–. Si no estoy yo, puedes dejárselo a mi secretaria. ¿Qué? No, no es Janet. Ahora tengo una asistente nueva. Sabrina. Sí, Sabrina. Sí, sí –repitió, haciendo una mueca–. Sí, Bruno, sí... Y es competente también –aseguró con tono seco.

Cuando colgó, Alexander miró a Sabrina antes de salir.

–Alguien se pasará por aquí para dejar un sobre en algún momento... tal vez, esta semana o la siguiente –informó él–. Nos vemos luego.

Eso era lo malo de Bruno, caviló Alexander mientras salía de la casa. Sólo pensaba en las mujeres como potenciales conquistas. Lo primero que le había preguntado su hermano había sido si Sabrina era guapa...

¿Cómo podía describir a Sabrina a alguien que no la conociera?, reflexionó Alexander. Era una mujer de estatura pequeña, con manos y pies pequeños, rostro en forma de corazón y labios carnosos y atractivos. Tenía el pelo largo casi hasta la cintura y siempre lo llevaba impecable. Pero lo más llamativo eran sus mágicos ojos verdes... Eran del color del océano profundo. Además... no llevaba maquillaje, ni laca de uñas, ni perfume. Era una belleza sin pretensiones. Nada que ver con la clase de chicas que le gustaban a Bruno, caviló con cierta satisfacción.

Poco más tarde, armada con un paño, limpiador y plumeros, Sabrina subió al despacho. En un armario de la entrada había visto escobas y una aspiradora. Bien. Eso bastaría para poner en orden aquel caos.

Lo primero que hizo fue abrir todas las ventanas del estudio para que entrara aire fresco. Luego, se fue a la *chaise longue*, agarró todos los cojines y los sacudió con fuerza junto a la ventana. El polvo le hizo estornudar varias veces.

Luego, empezó a barrer el suelo. Había pelusas llenas de polvo en las esquinas y junto a los muebles. A continuación, tomó la aspiradora y la enchufó.

Mientras pasaba el aparato por la alfombra persa, empezó a verse mejor el colorido dibujo oculto tras la suciedad. Debía de costar una fortuna, pensó. Acto seguido, se arrodilló con un trapo y cera para suelos y comenzó a frotar la madera hasta que quedó reluciente. Cuando consideró que el lugar tenía un aspecto aceptable, se puso en pie y se quedó mirándolo con ojo crítico. No había quedado mal.

Durante las dos horas siguientes, sacó y limpió el polvo de todos los libros de las estanterías, pasó el paño por los armarios y una esponja húmeda por los marcos de las ventanas.

Decidió dejar el escritorio de Alexander para el final y, entonces, se dio cuenta de que se había olvidado de la gran chimenea de granito, casi oculta tras dos sillas de respaldo alto. Con suma eficiencia, retiró todos los adornos que había sobre la chimenea: viejas postales, una linterna que no funcionaba, una caja de cerillas, un sacacorchos, una caja de pañuelos de papel, otra de tiritas y otra de caramelos para la tos.

«¿Cómo puede este hombre vivir con tanto desorden?», se preguntó, meneando la cabeza. Sin embargo, él no se daba cuenta. Sólo tenía ojos para su trabajo.

Delante de la chimenea había un enorme jarrón con flores secas, tan viejas que estaban a punto de convertirse en polvo. Sabrina pensó en tirarlas y reemplazarlas con flores frescas del jardín.

Cuando, al fin, llegó la hora de limpiar el escritorio, Sabrina se dijo que allí debía ser más cautelosa. Era el territorio de Alexander y quería que él lo encontrara todo donde lo había dejado.

Sentándose en la silla un momento, Sabrina se sintió emocionada mientras miraba lo que tenía delante. Había incontables lápices y bolígrafos, casi todos mordisqueados en la punta, gomas de borrar, cinta adhesiva y libros de referencia. No mucha gente tenía la oportunidad de sentarse allí, donde la imaginación y el talento de Alexander se derramaba sobre el papel, dando lugar a libros millonarios. Casi con reverencia, limpió el polvo de cada esquina de la mesa, pasó un paño por el ordenador y el teléfono y le quitó el polvo a los libros, dejando todo luego como lo había encontrado.

De pronto, una pequeña foto se cayó al suelo. Sin duda, había estado dentro de alguno de los libros. Sabrina la tomó y vio que la imagen mostraba a Alexander más joven en una playa, bronceado y en bañador, rodeando con sus brazos a una mujer morena en biquini. Ella lo estaba mirando con gesto de adoración. La escena mostraba, sin lugar a equívocos, a dos personas enamoradas.

Sabrina volvió a dejarla en uno de los libros, preguntándose quién habría sido esa chica. Alguien especial para Alexander, pensó.

Luego, se encogió de hombros. ¿A ella qué más le daba? Era lógico que Alexander tuviera fotos posando con otras mujeres. Eso no era de su incumbencia, se repitió, intentando convencerse.

Con decisión, Sabrina terminó lo que estaba haciendo, guardó los utensilios de limpieza y salió al jardín para recoger unas flores que poner en el jarrón. Después, observó el fruto de su trabajo con satisfacción. El despacho tenía un aspecto agradable, incluso habitable.

Al mirar el reloj, se dio cuenta de que eran las cinco y media. ¡No había pasado a máquina lo que su jefe le había encargado! ¡Cielos! Alexander debía de estar a punto de regresar en cualquier momento, pues no había llamado para decir que se retrasaría.

Sintiéndose agotada, Sabrina se acercó a la *chaise longue* y se dejó caer en ella. Apoyó la cabeza y cerró los ojos. Sólo sería un momento, lo justo para recuperar fuerzas, se dijo.

Alexander observó el rostro dormido de su secretaria y recorrió la habitación con la mirada. El suelo relucía, la alfombra estaba impecable, los libros ya no tenían polvo, olía a limpio y a aire fresco y había un elegante ramo de flores junto a la chimenea. Esbozó una lenta sonrisa, sin moverse del sitio.

Sabrina le había pedido permiso para limpiar y él había aceptado. Y no podía negar una inesperada sensación de bienestar al mirar a su alrededor. Era muy agradable ver su despacho tan bien cuidado.

Entonces, al posar los ojos de nuevo en Sabrina, se le enterneció el corazón. Incluso con manchas de suciedad en la cara, estaba preciosa.

Justo cuando él se giró para irse, ella abrió los ojos y se incorporó de forma abrupta.

–¡Cielos! ¿Qué hora es? –preguntó ella–. Sólo quería descansar un momento. Me he quedado dormida...

–Bueno, por lo que veo a mi alrededor, no me sorprende –comentó él, tendiéndole la mano para ayudarla a levantarse–. Son las seis. He tardado un poco más de la cuenta en regresar –indicó e hizo una pausa–. Sabrina, has transformado el despacho. Gracias... muchas gracias.

–He disfrutado haciéndolo –confesó ella y sonrió–.

Pero no me ha dado tiempo de pasar a máquina lo que me encargaste...

Él posó una mano en su hombro.

–Puedes hacerlo mañana. Ahora voy a llevarte a casa. Ha sido un día muy, muy largo.

Pero no me ha dado tiempo de pasar a máquina lo que me enseñó esta...

El peso una firma en su nombre.

—Puede esperar a mañana. Ahora voy a llevarle a casa. Ha sido un día muy, muy largo.

Capítulo 6

DOS SEMANAS después, Sabrina se sentía tan involucrada en el trabajo y forma de vida de Alexander McDonald que tenía la sensación de conocerlo de toda la vida. Había conectado tan bien con él que el miedo que había tenido al principio de no poder satisfacer sus exigencias se había disipado por completo. Por otra parte, sabía que sus conocimientos profesionales le habían sido de ayuda, facilitándole adelantarse a sus necesidades. Además, consideraba un honor que él le pidiera su opinión sobre algo que había escrito. Al parecer, incluso los escritores más brillantes necesitaban que los animaran y les dieran confianza a cada momento.

Para su alivió, el penúltimo capítulo de la novela había sido aprobado por el editor y estaban en los momentos finales, en el desenlace de la historia, algo que a ella le parecía lo más complicado.

Mientras pasaba a máquina el primer borrador del último capítulo, Sabrina estaba por completo metida en la trama. Se prometió comprarse todos los libros porque, además, tenía un interés personal en todo lo que tuviera que ver con Alexander McDonald.

Con el tiempo, había aprendido a descifrar con rapidez la escritura a mano de su jefe. Y él parecía encantado con la velocidad con que lo pasaba todo a ordenador.

La experiencia de Melly en España también contribuía a que Sabrina estuviera tan animada. Sólo habían hablado tres veces desde que su hermana se había ido y siempre se había mostrado encantada y pasándolo genial. Por primera vez en mucho tiempo, Melly había dejado de lado su pesimismo, su ansiedad y su depresión. Esa misma mañana, le había enviado un mensaje de texto informándole de que habían prorrogado el tour durante dos o tres semanas más.

Alrededor del mediodía, sonó el timbre de la puerta principal. Sabrina levantó la vista del ordenador, sorprendida. No solían tener visitantes.

En el piso de abajo, Sabrina abrió la puerta y se encontró con el inconfundible Bruno McDonald allí parado, con unos pantalones negros de sport y una camiseta azul. Era alto y de anchas espaldas y se parecía mucho a su hermano. Sin embargo, Bruno no tenía los espectaculares ojos negros de Alexander, ni su cautivadora expresión interesante...

Bruno la miró con una sonrisa.

—Debes de ser la nueva secretaria... la encantadora Sabrina —comentó él y le recorrió el cuerpo con la mirada.

Ella se sintió como si estuviera desnuda.

—Sí, soy Sabrina, la secretaria del señor McDonald —repuso ella, titubeando—. Me temo que su hermano no está. Los jueves va al gimnasio.

—Sí, lo sé, pensé que no estaría en casa. Pero estaba por la zona y he decidido pasarme —señaló él tras una pausa—. Quiero hablar con él de algo que me está buscando −informó y sonrió despacio−. Le esperaré dentro.

Sabrina se hizo a un lado.

−Por supuesto. ¿Quiere café?

−Sí, Sabrina, muchas gracias −respondió él.

Por alguna razón, su tono de voz hizo sentir muy incómoda a Sabrina. Esperó que Alexander no tardara. Bruno la siguió por el pasillo a la cocina, donde se quedó de pie apoyado en la pared, con las manos en los bolsillos, observándola mientras ella preparaba la cafetera.

−Bueno y... ¿cuánto tiempo llevas trabajando para mi hermano, Sabrina?

−Sólo unas semanas −replicó ella, sin querer mirarlo a los ojos−. ¿Y qué tal es como jefe? La otra mujer, Janet, estuvo años con él y debía de estar acostumbrada a sus modales. Pero... supongo que Alexander puede ser un poco... difícil en ocasiones.

Sabrina se giró y, en esa ocasión, sí lo miró a los ojos.

−Al contrario. El señor McDonald siempre ha sido muy correcto y profesional conmigo.

Qué sensación tan desagradable, pensó Sabrina. No le gustaba hablar de Alexander en su propia casa con un extraño, aunque fuera miembro de la familia de él. El hombre que tenía delante estaba empezando a no gustarle nada. No se parecía en nada a Alexander. Desde el principio, ella siempre se había sentido cómoda y relajada con su jefe, nada que ver con lo que sentía en ese momento.

−Bueno, tal vez tú seas una buena influencia para

él –comentó Bruno con desinterés–. Tal vez, una cara nueva... un cuerpo bonito... sea lo que él necesitaba.

Sabrina estaba cada vez más irritada. Intuyó que, en cualquier momento, Bruno McDonald iba a intentar un acercamiento hacia ella.

–Está siendo un verano muy largo, ¿no cree? –señaló ella con tono distante–. Hace un día muy caluroso para ser octubre.

–Estoy de acuerdo –replicó él–. Y a mí me encanta que haga buen tiempo porque así todas las chicas guapas os vestís con poca ropa –añadió e hizo una pausa, observándola de nuevo.

Sabrina se encogió, deseando no haberse puesto una blusa con escote esa mañana. Pero lo había hecho para no pasar tanto calor, porque en el despacho solía siempre haber más temperatura que en el resto de la casa.

–En invierno, insistís en cubriros con ropa y más ropa, lo que es un castigo para los hombres que ardemos en deseos de deleitarnos con vuestro cuerpo.

Sabrina estuvo a punto de mandarle al infierno, pero se contuvo.

Cuando abrió el armario y se puso de puntillas para alcanzar una caja de galletas, Bruno se acercó a ella de inmediato, cubriéndole la espalda. Pasando el brazo por delante, tomó la caja de la balda. A unos milímetros de su cara, la miró con intensidad. Ella podía percibir su aliento cargado de alcohol.

–Ay, Sabrina, si hubieras comido más verdura de niña, ahora serías más alta –comentó él, fingiendo desaprobación.

Entonces, Bruno dejó caer el brazo y posó la mano

en el pecho de ella. Al instante, Sabrina le dio un codazo en el plexo solar, empujándolo hacia atrás.

—¡Ay! —protestó él.

Durante unos segundos, Sabrina se quedó allí parada, lanzándole puñales con la mirada. Por suerte, Alexander entró por la puerta en ese momento. Posó los ojos en Sabrina y, luego, en Bruno. Y en Sabrina de nuevo... Y adivinó que algo no andaba bien. Nunca antes había visto esa expresión en el rostro de su secretaria.

—¿Qué pasa, Sabrina? —preguntó Alexander, todavía vestido con los pantalones cortos y la camiseta sudada del gimnasio.

—Oh... todo está bien... Nada, de verdad... —balbuceó ella.

Su respuesta confirmó la sospecha de Alexander y tuvo que contenerse para no darle un puñetazo a su hermano. ¡Maldito Bruno!

—¡Alex, hermanito! —exclamó Bruno, ignorando su expresión de furia—. Pensé que igual tenía el honor de que me concedieras media hora —añadió y miró a Sabrina—. Tu deliciosa secretaria me iba a preparar café.

Pero Alexander McDonald no se dejaba engañar por nadie y conocía muy bien a su hermano. Se colocó entre los dos. Posó la mano sobre el hombro de Sabrina y se dio cuenta de que estaba temblando.

—Vete, Bruno —rugió Alexander—. Estoy ocupado.

—Pero quería enseñarte mi último descubrimiento —replicó Bruno—. Esperaba contar con tu... opinión, Alex.

—Una vez más, vete —repitió Alexander, esforzándose en mantener la calma—. Y, por favor, no vuelvas a pasarte por mi casa sin avisarme primero.

Durante unos segundos, Sabrina creyó estar a punto de desmayarse. ¿Dónde se había metido? Aunque era obvio que Alexander había adivinado que su hermano se había comportado de manera incorrecta, ¿cómo afectaría eso a su trabajo con él? Bruno podía acusarla de haberlo provocado, pensó y se estremeció de repugnancia al recordar su contacto.

Sin embargo, con la mano protectora de Alexander sobre el hombro, Sabrina supo que podía relajarse y que su jefe la creería. Ella nunca le contaría lo que había pasado. Tampoco había sido tan grave, aunque la había tomado por sorpresa y de lo único que tenía ganas era de salir corriendo y encerrarse en su propia casa.

Alexander atravesó la habitación y abrió la puerta.

—Permíteme que te acompañe a la salida, Bruno —insistió Alexander—. Y te advierto que la próxima vez tengas la cortesía de informarme de tu visita. Es lo menos que se puede pedir.

Bruno levantó los brazos con gesto de impotencia, como si no supiera por qué, de pronto, su hermano lo estaba echando de casa.

—Oh, pobre de mí —dijo Bruno con tono burlón—. Parece que he tocado el punto de débil de alguien esta mañana, ¿no es así? —indicó y miró a Sabrina, que se había puesto pálida como la leche—. Debes entender, Sabrina, que las personas creativas a veces somos un poco malhumoradas. Es obvio que hoy es uno de esos días. Mi hermano no parece un chico muy feliz, ¿no te parece? —añadió y, antes de salir, volvió la cara hacia ella—. Te deseo mucha suerte, querida. Que tengas un buen día.

Cuando Bruno se hubo ido, Alexander volvió junto a Sabrina, que seguía clavada en el sitio.

—No te voy a pedir que me expliques nada, Sabrina —dijo él—. Sólo quiero disculparme por cualquier inconveniencia que te haya causado mi hermano en mi ausencia. Porque está claro que te ha molestado.

Sabrina consiguió esbozar una débil sonrisa.

—No quiero hablar de ello, Alexander... Como te he dicho, no ha sido... nada. Sólo un hombre sin modales comportándose como un bruto. Por desgracia, no es la primera vez que me pasa y no será la última.

Sin embargo, sabía que Alexander nunca se comportaría así con ella. Siempre se había sentido a salvo y cómoda con su jefe. ¿Cómo podían dos hermanos ser tan distintos?, se preguntó, prometiéndose que, si Bruno volvía a intentar algo con ella, lo golpearía en otra parte más vulnerable de su anatomía.

—Bueno, no estropeemos el día pensando más en mi hermano —sugirió Alexander, sin disimular su irritación. Hizo una pausa—. ¿Te apetece hacer unos sándwiches mientras me doy una ducha rápida? Tenemos mucho trabajo que hacer esta tarde.

—A la orden —repuso ella, llevándose la mano a la frente con gesto de saludo militar y con una sonrisa.

Mientras preparaba la comida para los dos, Sabrina pensó en su hermana. Parecía que había pasado una eternidad desde que se había ido a España... ¡y no parecía tener prisa en volver! Aunque ella la echaba de menos, al mismo tiempo tenía una sensación de libertad que no había experimentado en años. Era mejor que lo disfrutara, se dijo, porque cuando regresara, lo más probable era que Melly cayera en depresión por haber dejado atrás sus días de felicidad.

Pero no debía pensar en ello, caviló Sabrina. Estaba deseando que llegara el momento de leerle en voz alta a Alexander el capítulo final que había pasado a ordenador. Estaba tan metida en la historia, que sabía perfectamente qué tono emplear al leer a cada uno de los personajes.

Poco después, con pantalones oscuros y una camiseta gris claro, Alexander se sentó ante la ventana de su despacho, listo para escuchar a Sabrina. Con voz firme y modulada, ella empezó a leer su prosa maestra, sintiéndose honrada por poder hacerlo. Ella era la primera, a parte del autor, en conocer la novela. Era como dar los primeros pasos sobre la nieve recién caída.

Alexander la escuchó con atención, sin interrumpirla. En un par de ocasiones, anotó algo en un cuaderno.

Sabrina se sentía tan sumergida en la trama que, cuando llegó a un punto de inflexión en que los dos protagonistas tenían una terrible discusión, reprodujo sus voces con la misma angustia que los personajes experimentaban. ¿Cómo podían decirse unas cosas tan horribles el uno al otro?, pensó. Además, cuando parecía imposible que el conflicto se resolviera, la impotencia la invadió, quebrándosele la voz en medio del diálogo.

Tardó más de media hora en leer aquella prosa mágica, llena de sentimiento.

Cuando terminó, Sabrina se quedó sin aliento, inmóvil, mirando las hojas, incapaz de romper el he-

chizo en que Alexander McDonald la había sumido.
El último pasaje que había leído estaba tan lleno de
pasión que se había quedado físicamente exhausta.
Entonces, levantó la vista hacia su jefe y se lo encontró observándola con una extraña expresión.

–Gracias, Sabrina –dijo él, derritiéndose al ver la
lágrima que rodaba por la mejilla de su secretaria. Era
una mujer muy sensible y había comprendido a la perfección los sentimientos que él había querido transmi-
tir en su novela, reflexionó.

Hubo una larga pausa.

–Me gustaría que todo el mundo que leyera mis libros, o los de cualquier escritor, se implicara tanto en
la lectura como tú –comentó él–. Muchas personas
sólo leen lo superficial, no comprenden toda la sangre,
sudor y lágrimas que yacen tras la ficción. Pero tú, Sabrina... le has dado vida a lo que leías... –señaló y sonrió–. De hecho, me he dado cuenta de nuevos aspectos
de mis personajes al escucharte –añadió y titubeó un
momento–. ¿Alguna vez has... actuado en un escenario?

Sabrina meneó la cabeza, avergonzada por no haber podido contener las lágrimas.

–Eso no es lo mío –respondió ella, sonándose la
nariz–. Mi hermana sí se dedica a eso.

Alexander se aclaró la garganta.

–Me gustaría comentar contigo un par de detalles.

Durante las dos horas siguientes, hablaron de un
par de pasajes e intercambiaron ideas. Sabrina nunca
habría soñado con que a un gran autor como él le interesara su opinión. Él parecía tener en cuenta todas
sus sugerencias.

Al fin, Sabrina se levantó.

—Necesito una taza de té, Alexander.

—Creo que los dos necesitamos un descanso —repuso él—. Ha sido todo un maratón. Pero tus aportaciones han sido muy útiles.

Cuando Sabrina se hubo ido a la cocina, Alexander se quedó sentado ante su escritorio un rato más, recordando la dulce voz de su secretaria. De pronto, se apoderó de él un sentimiento de desasosiego, al pensar que se había hecho tan indispensable que no podía imaginar seguir trabajando sin ella. Tenía todo lo que se podía soñar de una asistente: era pulcra y flexible, con deseos de complacer, de trabajar y siempre tenía una sonrisa en el rostro. Sin embargo, algún día, Sabrina se iría. Con sus estudios, era obvio que querría retomar su profesión antes o después y él no intentaría disuadirla. No sería justo.

Alexander suspiró. Le deprimía pensar que algún día ella no estaría allí. Y hacía tiempo que la depresión no había hecho mella en él... Diablos, no podía rendirse a esas oscuras elucubraciones. Sabrina todavía no había dimitido y todavía quedaba más de un año para que la situación económica del país mejorara. Hasta entonces, se quedaría con él, adivinó. Le daba un buen sueldo y le pagaría más si era necesario, para mantenerla a su lado.

Más tarde, los dos tomaban té en silencio, cada uno sumido en sus pensamientos.

—Creo que podemos dar por terminado el día, Sabrina. Los dos estamos cansados.

Alexander la miró y se dio cuenta de que se le habían escapado unos mechones de pelo de la cinta que llevaba y que le caían a ambos lados de la cara, dándole un aspecto infantil, adorable. Deseó tener el valor para colocárselos en su sitio, para rozarle las mejillas en un gesto familiar de enamorado.

—Te llevaré a casa —ofreció él, apartando la vista.

—No es necesario, Alexander, de verdad. Sólo tardo una hora en volver.

—Es que tengo un plan. Si te llevo ahora, así podrás refrescarte un poco antes de que te invite a cenar —propuso él e hizo una pausa—. Creo que te mereces una buena comilona y la otra noche, cuando te llevé, me pareció ver un atractivo restaurante italiano cerca.

—Oh, sí, Casa Marco —repuso Sabrina—. Es bueno. Melly y yo, a veces, vamos allí. Si te apetece, en la cena, podemos hablar sobre algunos puntos del capítulo cuarenta —sugirió.

—Sí, podemos —afirmó él—. O, mejor, no. Ya hemos trabajado bastante por hoy. Además, tengo otra propuesta que hacerte. Si encaja con tus planes personales —añadió con una sonrisa enigmática.

Capítulo 7

SABRINA tenía que admitir que ir a casa en el elegante coche de Alexander era mucho más cómodo que caminar y dejarse apretujar en el metro. Como siempre, había mucho tráfico y no llegaron a su casa hasta las seis. Él aparcó junto al coche de ella.

—¿Es necesario que hagamos una reserva? —preguntó él.

—No lo creo. Es jueves. Los fines de semana sí está más lleno.

Antes de que Alexander tuviera tiempo de bajarse del coche, Sabrina salió y comenzó a caminar hacia la entrada de su casa.

—¿Quieres que te ponga la tele mientras me ducho? —ofreció ella cuando hubieron entrado.

—No te preocupes por mí —respondió él, siguiéndola al salón—. Además, no hay prisa, ¿verdad?

Sabrina se detuvo junto a la puerta.

—¿Quieres algo de beber? —invitó ella y, al instante, pensó que tampoco tenía una gran variedad de bebidas que ofrecer.

—No, estoy bien, gracias. ¿Pero qué te parece si preparo té mientras tú te duchas?

—De acuerdo. Te mostraré la cocina.

Aunque Alexander la había llevado a casa un par

de veces, ella nunca antes lo había invitado a entrar. Mientras atravesaban el pasillo, no le sorprendió comprobar lo bien ordenado y limpio que estaba todo.

—Necesita una reforma —indicó Sabrina, mirando a su alrededor en la cocina, un poco avergonzada.

—A mí me gusta así. Es perfecta para dos personas —comentó él, se acercó a la puerta trasera y miró hacia el patio—. ¿Quién cuida el jardín? —preguntó, observando el césped recién cortado y los bonitos arbustos floridos.

—Lo hacemos nosotras. Pero no nos lleva mucho tiempo, es muy pequeño —respondió ella y sacó dos bolsas de té del armario.

A continuación, Sabrina se fue arriba, pensando en qué se iba a poner. Sería un vestido especial, decidió, uno que le sentaba muy bien. Era color crema, con una falda vaporosa hasta la rodilla y estampado dorado.

Bajo la ducha, se relajó, dejando que el agua caliente la recorriera de la cabeza a los pies. Entonces, recordó lo que Alexander le había dicho a cerca de una proposición. Él no le había explicado nada más. Pero esperaba que fuera algo factible para ella. Melly volvería a casa pronto. De todas maneras, quería complacer a su jefe en todo lo posible, porque era el trabajo mejor pagado que había tenido jamás. Además, estaba acostumbrándose a ver a Alexander todos los días.

Sabrina se mordió el labio, recordando que, en todas sus conversaciones telefónicas, Melly no le había preguntado ni una vez cómo le iba con su nuevo empleo. Sólo habían hablado sobre su hermana y lo bien que lo estaba pasando. Lo cierto era que Melly siempre había sido así, admitió, mientras salía de la ducha.

Abajo, Alexander estaba sentado viendo las noticias con la taza en la mano. De repente, oyó un tremendo golpe en el piso de arriba, seguido por un grito de Sabrina. Sin titubear, dejó la taza y corrió escaleras arriba, preguntándose qué habría pasado. Ella estaba allí parada, envuelta en una toalla blanca, muy disgustada.

–¿Qué pasa? ¿Estás bien, Sabrina?

Alexander tragó saliva. A ella le goteaba el pelo sobre los hombros, dándole el aspecto de una ninfa que acabara de salir del lago. Además, sabía que estaba desnuda bajo esa toalla. Durante una fracción de segundo, tuvo que contenerse para no tomarla entre sus brazos y hacerle el amor allí mismo, en el suelo...

–¿Qué ha pasado, Sabrina?

Sin decir una palabra, ella se dio media vuelta. Él la siguió al baño, donde vio que el espejo se había caído y estaba roto, en el suelo.

Alexander se agachó para examinar la parte trasera del espejo.

–Se ha partido la cuerda que lo sujetaba –observó él y la miró–. Me temo que tendrás que comprar otro espejo, Sabrina.

–Son siete años de mala suerte, ¿no? –comentó ella, apretando los dientes, acongojada.

–Tonterías –aseguró él–. ¿No creerás en esas cosas?

–No sé –contestó ella dubitativa, pensando que ni Melly ni ella necesitaban más sorpresas desagradables. Sonrió con gesto de disculpa–. Siento haberte asustado, Alexander. ¡Creí que se me caía el tejado encima!

–Ha sido un ruido terrible –señaló él, arqueando una ceja–. Yo también me asusté.

En ese momento, al percatarse de su situación, Sabrina se sonrojó. Ya era bastante inusual que su jefe estuviera en su modesta casa, como para que la estuviera viendo en el baño, con nada puesto aparte de la toalla.

Él se agachó y agarró el espejo para llevarlo fuera.

—Ya está tu té. Se te va a quedar frío.

En su dormitorio, Sabrina se secó a toda velocidad. Nunca se le había ocurrido comprobar las cuerdas que sujetaban los espejos y cuadros de su casa, pensó, irritada por lo que había pasado. Le molestaba, sobre todo, que la única vez que su jefe había ido a su casa hubiera tenido que presenciar algo tan patético.

Bueno, ya no había solución, se dijo ella. Se puso la ropa interior, enchufó el secador y comenzó a cepillarse el pelo. No tenía tiempo para secárselo del todo, pues no quería hacer esperar más a Alexander. Por eso, se lo dejó suelto, para que se secara solo. Luego, se puso crema en la cara y el cuello, sombra de ojos y un poco de colorete.

Alexander estaba descansando en el sofá, con las piernas estiradas delante de él. Al oírla llegar, giró la cabeza y se quedó de piedra.

—Estás preciosa —dijo él al fin con toda sinceridad.

Parecía una diosa, pensó Alexander. Aquel vestido le sentaba como un guante y el pelo, todavía húmedo y suelto, le daba un toque sumamente seductor.

—¿No tienes frío? —preguntó él al salir de la casa, admirando el color cremoso de sus brazos desnudos, su cuello y su escote—. Lo más probable es que dentro de poco refresque.

—No, Casa Marco está aquí al lado —negó ella—. Y

allí siempre hace buena temperatura –añadió. Era tan
agradable que un hombre tan guapo y educado como
Alexander McDonald se preocupara por ella de esa
manera... Entonces, se dio cuenta de lo entusiasmada
que se sentía y lo mucho que había echado de menos
salir con un hombre. Aunque aquello no era una cita,
se recordó a sí misma, sino la manera en que su jefe
quería darle las gracias por su ayuda.

De todas maneras, Sabrina estaba disfrutando de su
empleo más de lo que había podido imaginar. Y no le parecía que su jefe estuviera a disgusto, tampoco. Las cosas
habrían sido muy distintas si hubiera resultado ser un cre-
tino como su hermano. Bueno, si ése hubiera sido el
caso, ella habría dimitido al momento. Por suerte, sin
embargo, ambos hermanos no podían ser más diferentes.

Cuando entraron en el restaurante, el joven encargado se acercó a ellos.

–¡Hola, *signorina* Sabrina! –exclamó el hombre
con efusión–. ¡La hemos echado de menos!

–Hola, Antonio. Éste es Alexander, un amigo –presentó ella.

–*Signor* –murmuró Antonio, inclinando la cabeza
en gesto de saludo.

–*Buona sera* –saludó Alexander.

Antonio los guió a una mesa iluminada por velas
que había junto a la ventana.

–¿Así que éste es tu restaurante favorito, Sabrina?
–preguntó Alexander, mirando a su alrededor.

Ella sonrió.

–No venimos tan a menudo –admitió Sabrina–. Tal
vez, una vez cada dos meses o algo así. Pero siempre
son muy amables con nosotras.

Alexander estuvo a punto de comentar que, con lo guapa que estaba esa noche, no era de extrañar que Antonio se mostrara tan atento. Pero se contuvo.

—Voy a elegir algo bueno para celebrar que ya casi hemos terminado el capítulo cuarenta —informó Alexander, leyendo la lista de vinos—. Creo que, con un poco de suerte, podré tenerlo terminado todo antes de que acabe el mes. Eso espera mi editor.

Sabrina bajó la vista un momento. ¿Había dicho «hemos terminado»? ¿Sólo quería ser amable con ella? ¿O de veras la consideraba tan importante? En cualquier caso, le resultó emocionante oírselo decir.

No tardaron mucho en elegir sus platos del menú. Sabrina dejó que su jefe tomara la iniciativa pues, después de todo, él era quien iba a pagar.

Alexander seleccionó ensalada para empezar, seguida por escalope de ternera al vino de Marsala, con jamón y huevos.

—¿Te parece bien? —preguntó él.

—Perfecto —contestó Sabrina, que siempre solía pedir pizza o lasaña, pues eran los platos más asequibles.

Mientras empezaban el segundo plato, Sabrina miró a su acompañante, invadida de pronto por una oleada de timidez. Era un hombre muy guapo, con un rostro perfecto, seductor... Pero lo que más le atraía eran sus ojos. No sólo por su color y su intensidad, sino por la forma en que solía mirarla y el halo de misterio que escondían.

Con un suspiro, ella tomó el tenedor de nuevo. No era de extrañar que él estuviera acostumbrado a ser acosado por las mujeres. Podía permitirse el lujo de elegir. Entonces, sintió un poco de compasión por él.

Tener tanto donde elegir implicaba no elegir al final. ¿Y qué habría pasado con la bonita chica de la fotografía, a la que él había estado abrazando con tanta ternura? ¿Qué habría sido de ella? Sin duda, no había satisfecho las expectativas de Alexander, caviló, preguntándose si habría alguna mujer en el mundo con la que él querría comprometerse.

Ella lo dudó, recordando lo que su jefe le había dicho en la fiesta de su madre: que planeaba permanecer soltero para siempre.

Dando rienda suelta a sus pensamientos, Sabrina se metió otro pedazo de carne en la boca. No pudo evitar recordar la terrible noche de la fiesta y compararla con cómo se sentía en ese momento: feliz y segura con su jefe, disfrutando de cada segundo de su compañía. Además, él parecía más relajado de lo que lo había visto nunca. Después de todo, había sido idea suya invitarla a cenar.

–Tengo curiosidad por algo –señaló él, tomando su copa de vino.

–¿Qué?

–Eres la primera mujer que conozco que nunca lleva joyas. Bueno, yo no te he visto con ninguna joya.

Sabrina esbozó una rápida sonrisa.

–Tengo alguna joya. Y solía usarlas. Pero decidí no volver a hacerlo mientras estuviera trabajando... en mi otra profesión –explicó ella–. Cuando estoy con mis pacientes, me parece más adecuado no ser ostentosa, ser lo más anónima posible, no ofrecer distracciones. Creo que la única persona en quien hay que fijarse en la sesión es en el paciente.

Alexander asintió despacio.

–Lo entiendo –afirmó él y se dijo que le convenía cambiar de tema cuanto antes. No quería que Sabrina pensara en su anterior profesión. Y tampoco quería confesarle que, desde niño, había desconfiado de las personas demasiado adornadas. Nunca le habían gustado las pulseras y collares de su madre, ni el sofocante perfume con que solía rociarse.

–¿Y el perfume? –inquirió él, pensando que Sabrina Gold olía lo bastante bien por sí misma como para tener que ponerse ningún aroma artificial–. ¿Entra en la misma categoría que las joyas?

–Así es –contestó ella, dejó el tenedor y se recostó en la silla.

La noche estaba oscura cuando salieron del restaurante. Mientras caminaban por la calle, les llegaron las notas de una música vibrante y alta.

–¿De dónde viene eso? –quiso saber él con curiosidad.

–Debe de ser de la feria. Está aquí al lado, en el parque municipal –informó ella–. Se me había olvidado que siempre la ponen ahí por estas fechas.

–Hace años que no voy a ninguna feria –comentó él con cierto tono de nostalgia.

–Me sorprendería que te gustaran –observó ella.

–Pues te equivocas, me encantan –afirmó él–. ¿Por qué no vamos a echar un vistazo?

No tardaron en llegar y Alexander se transformó en un niño entusiasmado al caminar entre la multitud. Las atracciones estaban llenas de gente y el aire estaba impregnado de olor a algodón en dulce y palomitas.

–Espero que las ferias nunca pasen de moda –comentó él–. Son parte de nuestra historia.

Frente a ellos estaba la noria. Alexander tomó a Sabrina de la mano, emocionado.

—Vamos, ¿te atreves?

Sabrina apenas podía creerlo. Estaba sentada en la noria con su jefe. Y lo estaba pasando en grande. A juzgar por su aspecto, además, Alexander también estaba disfrutando como un niño.

Cuando llegaron al punto más alto, la rueda se paró para recibir más pasajeros. Desde donde estaban, se podían ver las luces de la ciudad a sus pies, como una alfombra de estrellas. Sabrina respiró hondo.

Entonces, cuando la rueda se puso en marcha de nuevo, una brisa repentina le levantó el vestido, haciéndola tiritar. Alexander la rodeó de inmediato con su brazo, apretándola contra él. Ella respondió de forma instintiva, acurrucándose contra su cuerpo, deseando algo más...

—Te dije que ibas a necesitar algo de más abrigo —gritó él por encima del sonido de la música, sin soltarla.

—¡No esperaba subir tan alto! —gritó ella, tratando de taparse las piernas con la falda que el viento levantaba. Sin embargo, no había podido evitar que él le viera los muslos desnudos y parte de su ropa interior, reconoció, mordiéndose el labio.

Cuando aterrizaron, siguieron paseando, en silencio.

Alexander la miró.

—¿Estás bien, Sabrina?

—Muy bien —le aseguró ella. Pero no era cierto. A pesar de haberlo pasado genial, se sentía culpable. Estaba disfrutando demasiado con su jefe y no podía negar que le había encantado tenerlo cerca, percibir su aroma masculino. ¡Y eso estaba muy mal! ¡No podía permitirse sentir algo así por su jefe! Podía ser un juego demasiado peligroso.

—Se me había olvidado comentarte algo, Sabrina —señaló él cuando comenzaron a caminar hacia casa de ella.

—¿Qué?

—Sí. Creo que ha llegado el momento de que me tome un descanso —explicó él—. Voy a ir a mi casa de Francia y quiero que vengas conmigo. Estoy empezando a darle vueltas a mi próximo proyecto y cambiar de aires puede ayudarme a inspirarme. Podríamos irnos a finales de este mes —continuó—. Está a un día de camino. Estaríamos fuera unas dos semanas... ¿Qué te parece?

Sabrina suspiró. Había ignorado que él tuviera una casa en Francia. Titubeó un momento antes de responder.

—No estoy segura de que pueda, Alexander —contestó ella—. Mi hermana volverá pronto.

Sin embargo, su reacción tenía poco que ver con Melly, reconoció Sabrina para sus adentros. No era más que una excusa. En realidad, no quería ir porque no quería estar a solas con Alexander en un entorno lejos de su puesto de trabajo. Y, menos aún, en la romántica Francia...

—Bueno, piénsatelo —sugirió él—. Yo voy a ir de todos modos. Y me encantaría que me acompañaras.

Capítulo 8

AL DÍA siguiente, Sabrina había tomado una decisión: no iría con él. Le preocupaba que, entonces, Alexander no necesitara sus servicios profesionales. Pero se convenció a sí misma de que podía serle útil quedándose en su casa de Londres para responder el teléfono y los correos electrónicos y realizar cualquier encargo que él le dejara.

Cuando llegó al número trece, Sabrina se sentía segura y decidida... aunque temía el momento de comunicarle a Alexander su decisión.

Esperó unos momentos a que alguien abriera la puerta. Era obvio que María no estaba y Alexander podía estar fuera también... ¡o dormido!

Tras sacar del bolso la copia de las llaves que él le había dado, entró en la casa.

Se sentía allí casi como en su propio hogar, pensó Sabrina mientras subía las escaleras. Aunque sólo conocía el baño, la cocina y el despacho. Se detuvo en el descansillo de la entreplanta, mirando a su alrededor. Había cuatro puertas allí que darían a cuatro habitaciones, el mismo número que había en la planta de arriba. ¡Qué casa tan grande para un hombre solo!, pensó.

Pero Alexander McDonald no era la clase de persona que se sentía sola, adivinó Sabrina. No necesitaba a nadie. La única razón por la que la había invitado a Francia era porque, como él mismo había dicho, podía serle útil allí. Todas sus necesidades eran egocéntricas y relacionadas con su trabajo de escritor.

Encogiéndose de hombros, se fue derecha al despacho y abrió las ventanas. Enseguida, se dio cuenta de que Alexander debía de haber estado trabajando hasta tarde la noche anterior, por los restos de comida que había sobre su escritorio. Encima de su propia mesa, encontró un cuaderno con algunas notas. Sin duda, sería la continuación del capítulo cuarenta, se dijo, entusiasmada por poder conocer el desenlace de la trama...

Sabrina estaba segura de que estaba sola en la casa. Alexander debía de haber salido muy temprano... tal vez, al gimnasio. Durante los siguientes veinte minutos, revisó el correo postal y electrónico. A pesar de que él apenas respondía ningún mensaje, era increíble lo interesados que estaban algunos amigos suyos en contactar con él, observó para sus adentros.

De pronto, Sabrina tuvo sed y bajó a la cocina para beber algo. Esa mañana, no había tenido ganas de desayunar antes de salir de casa, pero no tenía hambre. Lo que necesitaba era agua. Se bebió un vaso y, luego, otro.

Entonces, se dio cuenta de que algo raro le estaba pasando.

Se agarró al fregadero para no perder el equilibrio, notando que el corazón le latía a toda velocidad. Sintió que la cabeza le daba vueltas... Presa del pánico, intentó calmar su respiración para no ponerse a vomitar en la inmaculada cocina de Alexander...

Con piernas temblorosas, se sentó en una de las banquetas... pero, en cuestión de segundos, el mundo comenzó a desvanecerse a su alrededor. Apoyó la cabeza en la mesa de granito, aliviada por poder descansar.

—¡Sabrina! ¿Qué pasa? —llamó Alexander al abrir la puerta.

Ella levantó la cabeza con dificultad y lo vio acercándose.

Sin embargo, justo antes de que él pudiera alcanzarla, Sabrina perdió la conciencia y se deslizó hacia el suelo. A toda velocidad, Alexander la sostuvo con sus fuertes brazos.

Cuando, al fin, recuperó el sentido, Sabrina estaba tumbada de espaldas, mirando a un techo desconocido. Tardó unos segundos en caer en la cuenta de lo que había pasado y de dónde estaba.

Estaba en una cama de matrimonio y Alexander estaba inclinado sobre ella, con gesto de preocupación. Cuando abrió los ojos, él esbozó una sonrisa de alivio.

—Menos mal. Has decidido volver al mundo de los vivos.

—¿Qué diablos...? ¿Qué diablos me ha pasado? —dijo Sabrina e intentó incorporarse.

—Quédate quieta. No pasa nada —la calmó él, impidiéndole levantarse. Le tocó la frente un momento—. Creo que ya te está bajando un poco la fiebre —señaló y la miró con aire solemne—. ¿Te pasa esto a menudo?

—¿Pasarme qué? Yo sólo... recuerdo que me serví un vaso de agua y... no recuerdo más.

—Bueno, pues te has caído redonda, eso es lo que ha pasado —informó él y meneó la cabeza—. Llegué a tiempo para sostenerte. Me has dado un susto de muerte.

—¿Por qué? ¿Temías que me muriera antes de terminar de pasar tu libro al ordenador? –bromeó ella, intentando sonreír.

–¿Por qué has venido esta mañana, si no te encontrabas bien?

–¡Sí me encontraba bien! –protestó ella–. No me pasaba nada. Y creo que es la primera vez que me desmayo en mi vida –añadió y tragó saliva. Cada vez le dolía más la cabeza–. Tal vez, ha sido porque no he desayunado esta mañana, eso es todo. En el despacho, arriba, empecé a sentir mucha sed... y el resto ya lo sabes.

Lo que Sabrina quería saber, en realidad, era cómo había llegado allí arriba. Alexander pareció leerle el pensamiento.

–Estuviste a punto de recuperar la conciencia un par de veces en la cocina, pero al final decidí que era mejor traerte aquí para que te tumbaras.

–¿Y cómo...?

–Te he traído en brazos, claro. Tú no estabas en condiciones de andar –puntualizó él.

Sabrina pensó en ello un momento. No era una persona gorda, pero sabía que tampoco habría sido fácil para Alexander llevar su cuerpo inerte escaleras arriba. O, quizá, eso no fuera problema para alguien tan fuerte, con esas anchas espaldas y musculosos brazos...

–Voy a llevarte a casa ahora mismo –indicó él–. Y no quiero que vuelvas a trabajar hasta que no estés bien del todo.

–Pero ya estoy bien –protestó ella. Odiaba estar enferma, era algo a lo que no estaba acostumbrada, pues siempre había tenido que ocuparse de cuidar a los demás y, en especial, a su hermana.

Alexander la miró pensativo un momento.

–Espero... espero no haberte presionado demasiado, Sabrina. Tal vez, el trabajo ha sido excesivo. Yo puedo estar horas sin tomarme un descanso y, a veces, olvido que los demás pueden necesitar ir a un ritmo más relajado. Lo siento, pero debes avisarme siempre que estés cansada –pidió él y titubeó un momento–. No quiero convertirme en un capataz de esclavos...

Sabrina sonrió.

–No es culpa tuya, Alexander. Y no me siento esclavizada, te lo puedo asegurar.

Tras un minuto o dos, Sabrina intentó incorporarse de nuevo. Entonces, empezó a tener la terrible sospecha de que se encontraba peor de lo que creía. Los ganglios del cuello le dolían y notaba un sabor extraño en la boca.

–Oh, cielos. No me siento bien, Alexander.

–No, no tienes buen aspecto –señaló él y la observó unos instantes, sin poder evitar sentirse invadido de ternura. Y tomó una decisión.

–No voy a llevarte a casa. No quiero dejarte sola allí todo el fin de semana.

Sabrina abrió la boca para llevarle la contraria, pero Alexander la interrumpió.

–Todo el mundo habla de un virus que se está extendiendo por todas partes. Y, aunque no soy médico, me da la sensación de que eso es lo que te pasa –opinó él y le tocó la base del cuello–. ¿Te duele aquí?

Sabrina suspiró.

–Mucho –admitió ella–. Pero de verdad, Alexander, es mejor que me vaya a mi casa. Estoy acostumbrada a cuidar de mí misma y aquí sólo voy a ser una molestia.

Todo lo contrario, pensó él.

—¿Qué vas a hacer en una casa vacía? —preguntó él—. Tu hermana no está, así que no tienes que ocuparte de ella. ¿Por qué no aprovechas la oportunidad de que alguien te cuide a ti, para variar? Puedo traerte a la cama bebidas calientes, incluso huevos revueltos.

Sin embargo, Alexander sabía que no estaba pensando sólo en ella. Quería cuidarla. Era una sensación que nunca había experimentado hacia ninguna mujer antes.

A pesar de que no quería aceptar, Sabrina no pudo evitar sentirse tentada por el plan. Estaba claro que algún virus había hecho presa en ella. Lo miró, pálida y sin fuerzas.

—¿Y no temes que te contagie? —inquirió ella.

Alexander sonrió, presintiendo que iba a salirse con la suya.

—Nada de eso. Por alguna razón, soy inmune a las enfermedades —repuso él, contento. Aunque no era inmune a los encantos de su preciosa secretaria, reconoció para sus adentros.

Sabrina se mordió el labio. No tenía ropa de cambio, ni camisón, ni cepillo de dientes. Una vez más, Alexander se le adelantó.

—Siento no tener ninguna indumentaria femenina que ofrecerte —comentó él—. Pero puedes usar mis camisetas... que supongo que te llegarán por las rodillas. Y tengo un paquete de cepillos de dientes en el baño. Aquí tengo de todo.

La idea de no tener que volver a casa le parecía a Sabrina cada vez más atractiva. Suspiró, esbozando una fugaz sonrisa.

—Bueno, si estás seguro de que no voy a molestarte ni interrumpirte en tu trabajo, Alexander...

—Olvidemos mi trabajo durante cinco minutos —replicó él con firmeza—. Pensemos en ti nada más, para variar.

Las veinticuatro horas siguientes fueron agotadoras para Sabrina, con ataques de tos que le hacían doler el pecho y un sueño incómodo e inquieto. Le subía la temperatura y le daban escalofríos. En su estado febril, se daba cuenta de vez en cuando de que Alexander entraba y salía de la habitación, para dejarle agua en la mesilla y acompañarla.

Alexander había decidido no sacarla de su cama, por lo que él se había mudado a uno de los cuartos de invitados. Había estado tan preocupado por ella, que apenas había dormido y, por la noche, había ido a comprobar varias veces cómo estaba.

A las tres de la madrugada el domingo por la mañana, se la encontró sentada en la cama, murmurando cosas incoherentes, con la cara sonrojada y el pelo empapado en sudor. Entonces, Alexander se enfureció consigo mismo por no haber llamado al médico. ¿Qué pasaba si lo que tenía era más grave de lo que habían pensado? ¿Y si era la temida meningitis o algo peor? Nunca se perdonaría a sí mismo si algo le pasara a Sabrina... por no haberle ofrecido apoyo médico.

Sin decir palabra, Alexander tomó el vaso de agua y la animó a darle unos tragos. Luego, la ayudó a tumbarse y se fue al baño para mojar un paño y ponérselo en la frente. Al verse de pasada en el espejo, se dio cuenta de que él tampoco tenía muy buen aspecto. Parecía cansado y preocupado. Aquélla era la primera vez que cuidaba a un enfermo, se dijo. Nunca había experimentado antes esos sentimientos de intimidad, de compasión. Deseaba tener una varita mágica para poder curarla.

Al menos, se alegraba de haber podido convencer a Sabrina de que se quedara en su casa. Si hubiera estado sola...

Regresando a su lado con el paño húmedo, Alexander se lo puso en la frente y esperó unos momentos. Se dio cuenta de que ella parecía respirar más despacio y que empezaba a relajarse. Tal vez, se estaba asustando por nada, pensó. Sus síntomas eran típicos del virus que estaba causando estragos en la ciudad. Si seguía su curso normal, a la mañana siguiente habría pasado lo peor.

Al parecer, su predicción se estaba cumpliendo porque, cuando volvió a verla, Sabrina estaba durmiendo y respiraba con normalidad. Había dejado de toser.

Notando que no estaba sola, ella abrió los ojos y le sonrió. Alexander observó aliviado que estaba mucho mejor. Incluso tuvo ganas de abrazarla. Saber que alguien que le importaba ya no estaba en peligro era la mejor sensación del mundo.

Él se sentó en el borde de la cama y le dio la mano.

—Hola, Sabrina.

—Oh, Alexander. ¿Dónde estoy? ¿Qué día es?

—Es domingo. Son las ocho de la mañana. Has estado muy enferma. Pero ya estás mejor —afirmó él y le apretó la mano.

Sabrina se incorporó y apoyó la cabeza en el hombro de él. Al verla vestida con su camiseta, se llenó de ternura. ¿Cómo era posible que aquella mujer le hiciera experimentar tan fuertes sentimientos?, se preguntó.

Más tarde, después de haber desayunado una tostada con mermelada y té, Sabrina se sintió lo bastante recuperada como para darse una ducha y lavarse el pelo, que estaba todo enredado. Poco a poco, empezó a caer en la cuenta de la delicada situación en que se había puesto... aunque no había sido culpa suya.

Se había pasado el fin de semana en cama de su jefe y él se había pasado horas observándola. Le había llevado el desayuno y había esperado a su lado a que se terminara el último pedazo.

¿Cómo habían llegado a eso?, se preguntó a sí misma. ¿Cómo había podido dejarse convencer para estar dos noches allí? Le parecía extraño y excitante al mismo tiempo. Alexander McDonald la había cuidado cuando ella había sido incapaz de ponerse en pie... ¡ni en un millón de años ella hubiera soñado algo así!

La vida estaba llena de sorpresas, reflexionó Sabrina, meneando la cabeza. Algunas desagradables, otras emocionantes y placenteras. A pesar de que se había encontrado fatal durante dos días, el episodio que acababa de vivir sin duda pertenecía al segundo tipo. Ver a su jefe en bata, a su lado, preocupado por ella, había sido lo más inesperado. De todos modos, sabía que había tenido mucha suerte de que alguien hubiera estado allí con ella.

Sabrina se secó el pelo y se vistió. Aunque todavía estaba un poco mareada, sabía que estaba en fase de recuperación. También sabía que debía irse a su casa cuanto antes. No le costaría habituarse a estar allí, en el lujoso dormitorio de Alexander. Allí todo estaba impecable, desde las lujosas cortinas de la ventana hasta la alfombra color crema o los bonitos cuadros de las paredes. Y el baño era un sueño, se dijo, comparándolo con el suyo.

Enderezando la espalda, Sabrina se reprendió a sí misma. Debía estar contenta porque Melly y ella tenían un hogar. Y se tenían la una a la otra.

Bajó a la cocina, donde encontró a Alexander haciendo café. Él sonrió.

—Ahora tienes mejor aspecto —comentó él, mirándola con aprobación.

Sabrina se acercó.

—¿Te importa llevarme a casa, Alexander? —pidió ella, sintiéndose recuperada.

—¿Por qué tanta prisa? —replicó él, sin mirarla—. Había pensado llevarte a dar un paseo al campo. Te vendrá bien un poco de aire fresco —sugirió—. A menos que tengas asuntos urgentes de los que ocuparte, claro.

Sabrina sabía que no tenía ninguna obligación urgente esperándola en casa. Y, sin poder evitarlo, el plan de Alexander le pareció irresistible.

—Bueno, la idea no suena mal, pero...

—Bien, entonces, ya está. Los periódicos están en el salón, junto a mi dormitorio. Súbete el café y yo prepararé huevos revueltos —indicó Alexander y sonrió, contento de que ella estuviera mejor... y de poder tenerla para él un día más.

Sabrina obedeció. El salón era muy bonito, lujosamente decorado y acogedor, observó, dejándose caer en uno de los grandes sofás de color verde oscuro. Durante los siguientes minutos, intentó leer el periódico, pero no pudo concentrarse lo suficiente. Tomó su taza de café y le dio un trago, pensativa.

¿Cuándo iba a reunir el valor necesario para decirle a Alexander que no iba a Francia con él? Después de lo amable que había sido con ella... Podía poner a Melly como excusa, explicarle que no podía dejarla sola. Pero no podía contarle la verdad. ¿Cómo iba a confesarle que había empezado a sentir algo por él, que estaba comenzando a necesitarlo demasiado? Quería detener aquello antes de que fuera demasiado tarde, pues sabía que no tardaría mucho en caer rendida a sus pies. No quería ser seducida por su jefe. Ni mezclar el trabajo y el placer. Además, ella había jurado no volver a entregarse a un hombre nunca más...

Se lo diría después, cuando la llevara a casa, se propuso Sabrina.

–¡El desayuno está listo! –llamó él desde la cocina.

Sonriendo, Sabrina bajó. Al llegar abajo, sonó el timbre de la puerta y, sin titubear, ella fue a abrir.

Al instante, la sonrisa de sus labios se desvaneció. Era Bruno quien estaba allí.

–Vaya, vaya, vaya –dijo Bruno–. No creía que trabajaras los domingos, Sabrina –observó y dio un paso adelante para entrar–. Ya te dije que mi hermano era un bruto exigente.

Al momento, Alexander se colocó tras ella.

–¿Acaso no fui lo bastante claro el otro día, Bruno? ¿No has comprendido que los visitantes inesperados no son bienvenidos aquí? –le espetó Alexander, sin disimular su enfado.

Bruno sonrió despacio, mirándolos a ambos.

–Ahora entiendo por qué. Y te aseguro que me has sorprendido, Alex, chico –comentó Bruno–. Es obvio que me he presentado en un momento muy poco adecuado.

–Así es. Íbamos a desayunar –afirmó Alexander, serio–. Lo siento, pero no me quedan más huevos para invitarte.

–No te preocupes por mí –repuso Bruno, impertérrito. Hizo una pausa–. ¿Lleváis toda la noche trabajando? Debe de haber sido una noche muy larga –añadió con retintín.

–Aunque te lo contara, no lo creerías –contestó Alexander–. Ha sido una noche muy larga, por eso, Sabrina y yo necesitamos recuperar energías. Siento tener que meterte prisa, pero no olvides avisarme la próxima vez que quieras venir, ¿de acuerdo?

Con una escueta despedida, Bruno se fue.

–Está claro lo que estaba insinuando –señaló Sabrina, siguiendo a Alexander a la cocina.

Él la miró con ojos brillantes y pícaros, haciéndola estremecer.

–¿Qué? ¿Que has pasado la noche en mi cama? Bueno, pues ha acertado, ¿no?

–Sí, pero ya sabes a lo que me refiero, Alexander. Va a pensar lo que no es.

–¿A quién le importa? –replicó él, arqueando una ceja–. Vamos a desayunar.

Capítulo 9

POR SUERTE, el virus que había atacado a Sabrina desapareció sin dejar rastro dos o tres días después, así que siguieron trabajando juntos en la novela de Alexander.

Él estaba muy concentrado en lograr un buen desenlace para su trama. Y ella se esforzaba en guardar silencio y no interrumpir sus pensamientos.

En una o dos ocasiones, al llegar por la mañana, Sabrina se había dado cuenta de que él se había pasado toda la noche despierto, garabateando cosas en su libreta y tachando muchas de ellas después. Todos los días, encontraba en su mesa unas cuantas hojas que pasar a ordenador e imprimir. Al ritmo que iban, Alexander parecía dispuesto a cumplir su promesa y terminar la novela antes de finales de octubre.

Mientras pasaba a ordenador los manuscritos, Sabrina iba descubriendo con entusiasmo el desenlace. Tenía que admitir que un giro inesperado en la trama había llevado a un desenlace excelente e increíble. Por eso, los libros de Alexander nunca dejaban de impresionar al público... y se vendían a miles.

Aquel día, cuando Sabrina le entregó las últimas páginas impresas, no pudo evitar expresarle lo que sentía.

—Alexander, es una novela excelente... y me ha encantado el final. ¡Es genial! No tenía ni idea de cómo iba a terminar. ¿Cómo se te ha ocurrido algo así?

Él se encogió de hombros.

–Gracias a miles de horas de práctica. Pero gracias por el cumplido, Sabrina.

Él levantó la vista y, al posar los ojos en ella, recordó lo enferma que había estado hacía unos días y lo poco que había protestado. Ni siquiera se había tomado una baja para recuperarse. Y él no había insistido. Porque la necesitaba... quería que estuviera a su lado. Sabrina se había convertido en alguien indispensable para él. Cada día, lo que más deseaba era verla llegar por las mañanas.

Alexander había decidido no volver a mencionar lo de Francia hasta que hubiera terminado la novela. Sin embargo, estaba seguro de que Sabrina lo acompañaría, a pesar de las reservas iniciales que ella había mostrado. A los dos les sentaría bien alejarse de la ciudad y cambiar de aires, pensó y se levantó.

–Te ha quedado muy bien, Sabrina –indicó él, señalando los papeles impresos que tenía en la mano–. Voy a llevárselo a mi editor. Cuando vuelva, si quieres, podemos abrir una botella de champán.

Sabrina sonrió, contenta porque él estuviera satisfecho con su trabajo. Le alegraba verlo tan feliz.

–Por cierto, reserva billetes para Carcasona... ¿qué te parece a principios de la semana que viene? –pidió él–. ¿Te va bien?

Sabrina hizo una pausa antes de responder.

–Yo no he dicho que fuera a acompañarte, Alexander –repuso ella con cautela–. Aunque te agradezco mucho la invitación.

–No lo hago por amabilidad –negó él, sin andarse por las ramas–. Es porque los dos necesitamos un respiro. Tú has estado trabajando tanto como yo y necesitas descansar, sobre todo, después de haber estado enferma.

Sabrina se levantó, colocándose un mechón de pelo detrás de la oreja.

–Mira, Alexander, mi hermana me ha mandado un mensaje diciéndome que vuelve el domingo... un poco antes de lo previsto. Tengo que quedarme unos días con ella.

–Está bien –dijo él–. Podemos irnos más tarde. El miércoles o el jueves de la semana que viene, si prefieres. Así, tendrás tres o cuatro días para estar con tu hermana, ¿te parece? La región de Languedoc también está preciosa en el mes de noviembre.

Sabrina levantó la vista hacia él.

–No puedo asegurarte que vaya –indicó ella–. Ya te he dicho que tengo que ocuparme de mi hermana.

–Bueno, parece que ella se las ha arreglado bien sin ti en España –le espetó él.

–Eso parece. Sin embargo, yo quiero estar con ella.

–Lo comprendo –repuso él, intentando sonar razonable, a pesar de que no entendía por qué una mujer de veintiséis años no se podía quedar en casa sola dos semanas, sin que su hermana mayor la estuviera cuidando–. Y estarás con ella unos días... para asegurarte de que todo esté bien –añadió e hizo una pausa–. Estoy seguro de que tu hermana querrá también que disfrutes un poco.

Sabrina lo miró, mordiéndose el labio. Aquella conversación parecía no llegar a ninguna parte, pensó.

Sobre todo, porque no podía decir a Alexander la verdadera razón por la que no quería ir a Francia.

–Bueno, Alexander, sólo puedo decirte que no creo que vaya. Pero lo pensaré –puntualizó ella, al ver que el atractivo rostro de él se entristecía–. Y, de todas maneras, te aseguro que estaré aquí cuando vuelvas. Mientras, me ocuparé de revisar el correo. ¡Incluso puede que limpie un poco aquí arriba! –sugirió, intentando quitarle hierro al asunto. Alexander McDonald estaba acostumbrado a conseguir sus propósitos y, por la cara que tenía, era obvio que no le gustaba nada que lo contradijeran.

–En mi opinión, deberías darle a tu hermana la oportunidad de arreglárselas sola por una vez –comentó él–. Parece que siempre estás ahí para que se apoye en ti, colaborando a que sea una persona dependiente. Por lo poco que me has contado de su viaje a España, no ha tenido ningún problema allí. A veces, el amor consiste en dejar que la otra persona viva su vida, Sabrina. ¿O esto tiene más que ver contigo que con ella?

Aquello dolió a Sabrina, que se había puesto furiosa. ¿Cómo se atrevía Alexander McDonald a juzgarla de esa manera? ¿Qué sabía él? ¡Después de aquello, ya no le cabía ninguna duda! ¡No iría con él ni a Francia ni a ninguna parte! ¿Quién diablos se creía que era? Era mejor que se ocupara de sus personajes ficticios y las dejara a Melly y a ella en paz.

–Tendré en cuenta tu opinión –señaló ella, esforzándose por sonar calmada–. Y tomaré mi decisión sobre Francia cuando lo crea apropiado. Serás en primero en saberlo.

Dicho aquello, Sabrina salió de la habitación, cerró la puerta de un portazo y bajó a prepararse un té.

Más tarde, sola en el despacho, se sintió un poco vacía después de haber terminado la novela. Alexander ya había comentado que había empezado a forjarse ideas para un nuevo título y ella sabía que, en poco tiempo, estarían sobre la brecha de nuevo.

Cuando estaba ordenando algunos papeles, sonó el teléfono. Era Alexander.

—Sabrina, me temo que voy a tardar, pues el editor todavía no se ha presentado —informó él—. Vete a casa y tómate el día de mañana libre. Así tendrás tiempo para prepararle a tu hermana una buena bienvenida.

—Muy bien —repuso ella—. Gracias.

—No, gracias a ti, Sabrina —contestó él—. El borrador final ha sido aprobado, así que tenemos motivos para estar contentos —señaló e hizo una pausa—. Siento lo del champán, lo guardaré para otra ocasión. Ah, acaban de llegar, te dejo. Nos vemos el lunes... Espero que tu hermana vuelva con buen ánimo.

Sabrina colgó, con el estómago un poco encogido. Los comentarios que Alexander le había hecho hacía unas horas le habían tocado un punto sensible. Y lo malo era que, tal vez, él tenía razón. ¿Acaso ella se equivocaba al pensar que su hermana no podía sobrevivir sola? ¿Habría estado utilizando a su hermana para sentirse necesaria, como si Melly fuera el bebé que ella nunca había tenido?

Aquella posibilidad impactó mucho a Sabrina. Para colmo, siendo ella psicóloga, ¿no debía haber pensado en eso antes? Sin embargo, la realidad no se veía con claridad cuando uno era parte interesada, pensó, acongojada.

Sin poder dejar de darle vueltas, Sabrina apoyó la cabeza entre las manos. ¿Por qué no se olvidaba de lo que Alexander le había dicho? Melly volvería dentro de tres días... ¿en qué estado? Era cierto que su hermana no había dado muestras de estar deprimida, pero ella temía que eso cambiara. Además, Melly era una excelente actriz. ¿Tal vez había estado fingiendo estar bien por teléfono, para no preocuparla? Las dos hermanas no se habían separado nunca tanto tiempo y a ella le sorprendía que Melly se hubiera desenvuelto tan bien sola.

Con un creciente dolor de cabeza, Sabrina se levantó. Alexander podía opinar todo lo que quisiera. Sin embargo, él no era quién para dar lecciones sobre la familia. No sabía nada de eso.

En el despacho de su editor, mientras descorchaban una botella de champán, Alexander no podía dejar de pensar en lo que había pasado. Deseó no haberle dicho esas cosas a Sabrina sobre su relación con su hermana. Ella había parecido dolida al escucharlas.

Además, Sabrina era una mujer inteligente y no necesitaba que él le dijera lo que tenía que hacer. Lo había hecho porque había estado enfadado con ella, porque se había sentido rechazado. Se había comportado de forma egoísta, injusta e infantil y daría lo que fuera por poder borrar aquella discusión. El mero pensamiento de haberla hecho daño se le hacía insoportable.

Lo único que sabía seguro era que Sabrina ya no

querría viajar con él. ¿Y qué pasaba si decidía no seguir trabajando como su secretaria? ¿Y si dimitía?

Con el corazón encogido, Alexander se dio cuenta
de la intensidad de sus sentimientos y de que la vida
sin Sabrina Gold le resultaba impensable.

El sábado por la mañana temprano, el teléfono
sonó y Sabrina se sentó en la cama para responder,
con ojos somnolientos. Era Melly.

–¿Sabrina? ¡Hola! ¡Oh, Sabrina, lo he pasado genial y tengo muchas cosas que contarte!

–¿No puedes esperar a mañana? –preguntó Sabrina, sonriendo de escuchar a su hermana tan feliz.

–No, no puedo.

–Bueno, pues adelante. ¡Cuenta!

Durante los siguientes cinco minutos, Melly le re-
sumió todo lo que había pasado en el viaje, sin apenas
parar para tomar aliento. Estaba tan contenta...

–Nunca lo había pasado tan bien en toda mi vida,
Sabrina. Por eso, Sam y yo... ¿Recuerdas a Sam? No
vamos a volver mañana con los demás. Nos quedare-
mos un par de semanas más.

Sabrina se incorporó, preocupada por aquel súbito
cambio de planes.

–Explícate.

Melly suspiró.

–Sam y yo... Bueno, Sam ha sido maravilloso conmigo, Sabrina. Creo que estoy enamorada –afirmó
Melly–. La verdad es que nunca me había sentido así.
Nunca había conocido a nadie como él. Sé que vas a
decirme que es romance de vacaciones sin ningún fu-

turo, pero no es así. Sam tampoco lo piensa. Nos gustan las mismas cosas, nos reímos de lo mismo... ¡estamos en la misma onda! Y... espero que no te parezca una tontería, pero...

Sabrina se levantó de la mano, apretando el auricular con ansiedad. Sin duda, España había provocado un tremendo cambio en su hermana.

–No me parece nada –le aseguró Sabrina–. Tienes veintiséis años, Melly. Es hora de que interpretes tú misma lo que sientes, sin que yo te dé mi opinión todo el tiempo –señaló e hizo una pausa–. ¿Qué dice Sam, exactamente?

–Dice que quiere que nos conozcamos mejor y pasemos más tiempo juntos. Y no sólo eso... me ha garantizado un trabajo permanente con su equipo. Lo que pasa es que tiene que quedarse un poco más, tiene trabajo aquí. Y quiere que me quede con él. A su lado –explicó Melly–. Es un encanto, Sabrina, y nos queremos. A ti también te va a encantar, ya lo verás.

Durante unos instantes, Sabrina se sintió abrumada por la noticia. Melly había salido con un par de chicos antes, pero nunca había expresado sus sentimientos con tanta euforia.

–No creo que me esté comportando como una tonta, Sabrina, ¿y tú? –quiso saber Melly–. ¿Crees en el amor a primera vista? Sam, sí. Y creo que yo, también, porque no dejo de pensar en él. Sólo quiero estar con él.

Una oleada de envidia recorrió a Sabrina... sólo un segundo.

–No, no creo que esté siendo una tonta –aseguró Sabrina–. Y... sí creo en el amor a primera vez. Pero no creo que sea algo habitual y, cuando sucede, debe ser tratado con cierta... cautela.

–¡Es lo mismo que dice Sam! Dice que no quiere que nos apresuremos, que debemos disfrutar de cada día. Yo me he desenvuelto bien hasta ahora, he podido ir lavando mi ropa en la lavandería. Y también me he comprado un par de camisetas. Además, me ha pagado y no necesito pedirte más dinero. ¡Supongo que estarás orgullosa de mí!

De pronto, Sabrina reconoció el sentimiento que invadía a su hermana: Melly estaba enamorada. Sólo podía rezar porque sus expectativas no se vieran hechas pedazos. La vida podía ser muy injusta e impredecible. ¿Qué pasaría si Sam no era quien Melly creía? No era tan joven, tal vez, unos diez años mayor que su hermana. Lo más probable era que hubiera salido con muchas mujeres. Y era un hombre atractivo, caviló, temiendo tener que enfrentarse a la desilusión de Melly si las cosas no salían como esperaba.

Tras un largo silencio, Sabrina se preguntó cuándo su hermana iba a interesarse por cómo iban las cosas en casa o por cómo le iba con su empleo.

Al fin, Melly habló.

–¿Y tu vida, Sabrina? ¿Y el trabajo?

–Más o menos –replicó Sabrina con cautela–. Es algo temporal, hasta que pueda volver a mi profesión, ya lo sabes. No estoy segura de cuánto tiempo seguiré con él... pero el sueldo es más que suficiente para pagar la hipoteca y nuestras facturas.

–Bueno, yo creo que voy a ser capaz de ganar dinero también cuando vuelva, Sabrina. Sam me ha prometido mucho trabajo.

–Por cierto, Melly –dijo Sabrina, de pronto, dejándose llevar por un impulso–. Yo también voy a estar fuera un tiempo, por trabajo. Creo que nos vamos a Francia el jueves... y volveremos a mediados de noviembre. Así que puede que no esté aquí cuando vuelvas, ¿te importa?

–Claro que no. ¡Me alegro mucho por ti! Pásalo muy bien. Pero no trabajes demasiado –aconsejó Melly y soltó una risita–. Olvidé decirte algo. ¿Sabías que Sam vive sólo a un kilómetro de nuestra casa? Me ha dicho que el último año ha pasado por delante todas las mañanas, haciendo jogging. ¡Qué increíble es la vida!

–Sí, es increíble –repuso Sabrina con un suspiro.

Capítulo 10

ALEXANDER pagó al conductor del taxi que los había llevado al aeropuerto y Sabrina y él se dirigieron a la entrada con las maletas. Ella se había puesto un jersey de lana.

–Sí, hace frío hoy. Pero no te preocupes, allí el tiempo será mucho más cálido. Lo miré anoche en las noticias.

Guiando a Sabrina por las puertas giratorias, Alexander se sintió entusiasmado porque ella hubiera aceptado acompañarlo, casi en el último momento. A fin de cuentas, había prometido ser su asistente personal, su mano derecha, ¿no era así?

La verdad era que Alexander casi nunca invitaba a nadie a su casa en Francia, pues adoraba la paz y la soledad del lugar, lejos de todo y de todos.

Sin embargo, Sabrina era diferente. Era la única mujer que había conocido de la que no se había cansado al momento. Ella nunca le ponía nervioso. Tal vez, la culpa fuera suya, pues había salido siempre con mujeres parecidas a Lydia, charlatanas, egoístas y neuróticas. Tenía que haber otra clase de mujeres, que compartieran sus valores y su perspectiva sobre la vida. Como, por ejemplo, la dama que tenía a su lado...

Después de facturar, pasaron a la sala de espera. A

pesar de las reservas que Sabrina había sentido al principio, no podía evitar sentirse excitada. Le sentaría bien un cambio de aires. La última llamada de Melly había sido lo que le había impulsado a tomar la decisión. Su hermana había estado llena de euforia, aunque ella temía que, antes o después, su burbuja de felicidad estallara y su hermana cayera de golpe al suelo.

Por su parte, Alexander se había guardado mucho de mostrar asombro por la decisión de Sabrina o de darle a entender que lo había esperado.

—De acuerdo —había respondido él con gesto neutro—. Podemos irnos el viernes, si te parece. Y tómate el miércoles y el jueves libres, para que tengas tiempo para prepararte.

Sabrina le había informado de que su hermana había retrasado la vuelta a casa, lo que encajaba con los planes de él a la perfección.

En ese momento, mientras ocupaban sus puestos en el avión, Sabrina tuvo que admitir que Alexander era un hombre admirable. Exudaba poder y confianza y a ella le encantaba disfrutar de la compañía de alguien que parecía capaz de tomar el control de la situación. Lo único que ella tenía que hacer era relajarse y disfrutar.

Mientras el avión emprendía el vuelo, Alexander miró a su acompañante y sonrió, contento de tenerla a su lado. Iba vestida con pantalones negros ajustados y una blusa blanca. Con el pelo recogido hacia arriba en un moño, tenía un aspecto informal y elegante al mismo tiempo. Era la primera vez que la veía con tacones, lo que completaba su aspecto distinguido. ¿Cómo conseguía ella siempre estar perfecta para cada ocasión?, se preguntó. ¿Sería posible tomarla desprevenida alguna vez? Entonces, sonrió al recordar su reacción cuando el espejo del baño se había caído al suelo.

–¿Has viajado mucho? ¿Conoces Francia? –preguntó él.

Sabrina apartó la vista de la ventana y lo miró.

–Sí, he estado en París. Fui cinco días con Melly hace años. Y hemos estado en Bretaña un par de veces de niñas. Pero conozco mejor Inglaterra.

–Bueno, será un placer enseñarte mi parte de Francia preferida. Es el lugar ideal para descansar –señaló él y sonrió–. Tengo unos cuantos vecinos, pero ninguna tienda, me temo. Espero que no contaras con salir de compras.

–No me gustan demasiado las compras –comentó ella.

Sabrina no le contó que, hacía unos días, había salido al centro de Londres para comprarse algo para el viaje. No quería quedarse sin ropa durante su estancia en Francia.

El vuelo apenas duró dos horas, tiempo justo para que disfrutaran de una copa de vino y de una comida ligera.

–Llevo mi ordenador portátil en la maleta, por si acaso... –comenzó a decir ella.

–¿Por qué? Se supone que vamos de vacaciones.

–Pero... pensé que esto tenía que ver con tu nueva novela. Eso me dijiste, Alexander –replicó ella–. Dijiste que querías encontrar inspiración...

–¿De veras? Bueno, tal vez –afirmó él de buen humor–. Pretendo hacer el vago y beber mucho vino de calidad... y espero que tú quieras acompañarme –añadió, sonriendo–. Nos turnaremos para ir a por pan recién hecho cada mañana, porque a las nueve y cuarto en punto Claudette llega en su pequeña furgoneta blanca con provisiones para los vecinos... y no se queda mucho tiempo. Toca tres veces el claxon y te da sólo un par de minutos antes de irse a la siguiente casa.

Imaginándose la escena, Sabrina sonrió.

–¿No hay tiendas de alimentación tampoco?

–No. El supermercado más cercano está a ocho kilómetros. Podemos ir comprar allí de vez en cuando. De todas maneras, los dos primeros días no tendremos problema, pues mis vecinos, Marcel y Nicole, nos han llenado la despensa. Son una pareja encantadora, te gustarán. Me cuidan la casa cuando no estoy.

–Qué bien. Tienes suerte de que sean amigos tuyos –señaló ella.

–Así es. Además, estoy seguro de que querrán invitarnos a cenar esta noche. Saben que vengo acompañado.

Sabrina apartó la vista. ¿Solía él llevar visitas a su refugio?, se preguntó, recordando la foto de la playa. ¿De cuándo sería? Por el aspecto juvenil de Alexander en la imagen, debía de haber sido tomada hacía muchos años.

Lo cierto era que Sabrina tenía curiosidad por la vida privada de su jefe. Aunque él afirmaba que pretendía seguir soltero, debía de haber salido con muchas mujeres. Alguien con su atractivo debía de tener muchas entre las que elegir. ¿Y qué mejor lugar para un nido de amor que una casa perdida en la campiña francesa? Allí no habría fotógrafos deseando captar una instantánea de su romance para enviarla a la prensa. ¿Era ésa la razón por la que él la había invitado? Si así era, se aseguraría de no caer en sus redes.

Perdida en sus elucubraciones, Sabrina se preguntó si habría cometido el mayor error de su vida yendo con él. Su razón para invitarla había sido que podía necesitarla para trabajar en un sitio tranquilo. Sin embargo, al parecer, él había cambiado de idea respecto a lo de trabajar.

Cuando el avión aterrizó, Sabrina contempló con fascinación la ciudad medieval de Carcasona.

Alexander le tocó el brazo.

—Pasaremos un día en la ciudad antes de regresar —propuso él—. Merece la pena.

En el aeropuerto, él había reservado un coche de alquiler. Los dos se subieron y se abrocharon el cinturón.

—Se tarda cuarenta y cinco minutos en llegar, así que recuéstate y disfruta del paisaje.

Las carreteras estaban desiertas y Alexander conducía con familiaridad, como si conociera cada curva como la palma de su mano.

—¿Dónde está todo el mundo? —preguntó Sabrina, mirando por la ventana.

—Ésa es la cuestión —repuso Alexander, riendo—. No hay nadie. Por eso me gusta este lugar —señaló y la miró—. Aunque eso no es del todo cierto. Vamos a atravesar algunos pueblos dentro de poco y, más allá, pasaremos por un gran supermercado.

En poco menos de cuarenta y cinco minutos, Sabrina vio varios edificios delante de ellos y, enseguida, llegaron a una pequeña aldea con alrededor de una docena de casas.

–Aquí es –informó Alexander.

Sabrina no pudo evitar sentirse admirada. Era la escena más inspiradora del mundo, pensó, observando las viejas puertas de madera y las paredes desconchadas de las casas que dejaban atrás. Sin duda, era un escenario que le encajaba a la perfección a Alexander McDonald.

Él paró el motor.

–Bienvenida.

Ante sus ojos, había un establo convertido en vivienda. La madera parecía recién barnizada. Mientras él le mostraba su interior, ella comprendió que era su segundo hogar.

Había un gran comedor con una mesa con espacio para, al menos, diez personas y una cocina perfectamente equipada. En la misma planta, había dos dormitorios y un baño y, en una esquina, una amplia zona para la televisión y el equipo de sonido.

Alexander condujo a su invitada por la escalera de roble y le mostró dos dormitorios más. En el rellano, había dos balcones que daban al jardín y a la piscina. En la distancia, se desplegaba un precioso paisaje de viñedos y olivos.

Casi sin palabras, Sabrina lo miró.

–Alexander, qué lugar tan maravilloso.

–Tenía la intuición de que te gustaría.

Entonces, bajaron a la planta inferior y atravesaron la sala de juegos, con una mesa de ping pong, para salir al jardín.

–Me gusta nadar todas las mañanas –comentó él–. Y, si hace calor, también durante el día –añadió, sonriendo–. Te dije que haría buen tiempo. Marcel me dijo anoche por teléfono que este año ha sido bastante cálido.

De pronto, todas las reservas que Sabrina había albergado se esfumaron. Era un sitio mágico. ¿Cómo no iba a ser feliz allí? En cuanto a sus miedos respecto a Alexander, ella sabría cómo manejar la situación, si hacía falta, se dijo.

—Es una sorpresa que Alex haya traído... a una amiga —señaló Simone, sirviéndole a Sabrina otro vaso de vino.

Alexander había tenido razón al pensar que los invitarían a cenar. También, Marcel y Simone eran tal y como él los había descrito. Era una pareja de unos cincuenta años. Él era moreno, de buen carácter y ella, una mujer entrada en carnes con cabello teñido de rubio e inteligentes ojos azules.

Su casa era una bonita granja con piscina, no tan grande como la de Alexander. Su mesa estaba repleta de deliciosos quesos, un suflé de langostinos y ensalada, además de pasteles caseros recién sacados del horno. Había un vino excelente y café aromático. Era la cena más deliciosa que Sabrina había probado en mucho tiempo.

Se estaba haciendo tarde y los dos hombres habían salido al jardín a charlar. Simone se inclinó hacia Sabrina con gesto de conspiración.

—Alex le ha dicho a Marcel por teléfono que iba a traer a alguien, pero no pensamos que fuera una hermosa mujer —comentó la francesa, mirándola sin titubeos–. Me alegro mucho y él parece distinto. No tan... triste como otras veces.

–¿Triste?

–Claro que sí, *chérie* –repuso Simone con énfasis–. Marcel y yo hemos hablado de ello muchas veces y siempre pensamos que tenía que ver con su profesión, que tenía la cabeza en otro mundo y no tenía tiempo de pensar en su propia vida.

Sabrina reflexionó sobre ello un momento.

–Su casa es muy grande para él, ¿no? –señaló Sabrina–. ¿Nunca trae a nadie con él?

–Nunca. Siempre viene solo –contestó Simone–. Una vez, se la prestó a una pareja de amigos suyos. Y su hermano vino con una mujer. Pero Alex siempre ha venido solo. Y a mí no me parece algo natural para un hombre –opinó y sonrió–. ¿Lo conoces desde hace mucho?

Sabrina sonrió también, sin molestarse por la pregunta. Era obvio que el interés y cariño de Simone por Alexander eran genuinos.

–Hace unas seis semanas –contestó Sabrina–. Soy su secretaria.

–¿Ah, sí? Su secretaria... –dijo Simone, meneando la cabeza despacio.

–Y sólo me ha invitado porque hemos tenido mucho trabajo en las últimas semanas. Alexander acaba de terminar su más reciente novela. Por eso, pensó que ambos necesitábamos un descanso. Y, por casualidad, mis circunstancias personales me han permitido aceptar su invitación.

–Tú... ¿tienes pareja? –inquirió Simone, frunciendo el ceño.

–No... por el momento, soy libre –repuso Sabrina con una sonrisa.

–Me alegro mucho –aseguró Simone y se levantó para servirse más café–. Espero que lo paséis bien aquí, Alex y tú. Se merece que alguien le enseñe un par de cosas.

–No estoy segura de a qué te refieres.

–Necesita aprender a vivir –opinó Simone con firmeza–. Y a abrir su corazón.

Sólo una francesa podía haber dicho algo así, pensó Sabrina, preguntándose hasta dónde aquella pareja de amigos conocerían el pasado de su jefe.

–No creo que debamos preocuparnos por Alexander –comentó Sabrina, quitándole importancia–. Debe de tener a muchas mujeres a su alrededor.

–¡Claro! ¡Sólo aventuras! Pero no amor –señaló Simone, mordisqueando una almendra–. Yo me refiero a la clase de amor que da ganas de comprometerse y tener una familia.

–Tengo la sensación de que Alexander no desea tener familia –apuntó Sabrina, sonriendo–. Estoy segura de que no le gustan los niños. Me temo que es un alma solitaria.

Simone le dio un trago a su vino.

–Te equivocas, Sabrina –afirmó la francesa y se inclinó hacia delante, apoyando los codos en la mesa–. Nuestra primera nieta nació hace un par de años y Alexander la conoció cuando tenía seis meses. Mi hija la trajo de visita y él la vio. Se quedó... ¿cómo lo diría? ¡Encantado con ella! ¡No podía quitarle los ojos de encima! Y, desde entonces, no ha dejado de traerle regalos. Es su padrino.

Sabrina apenas podía creerlo. ¿A Alexander le gustaban los niños?

—No puedo imaginármelo con un bebé.

—¡Pues la sostenía en brazos como un padre experto! ¡Ni siquiera dejaba que nadie más la tocara!

Sabrina estaba sorprendida hasta la médula. Pero, antes de que pudieran seguir hablando, entraron los dos hombres.

—Estoy cansado —comentó Alexander, sonriendo a Simone—. Muchas gracias por la deliciosa comida, Simone. Os devolveremos la invitación antes de irnos.

Simone se levantó y le puso las manos sobre los hombros.

—Sabes que nos encantan tus visitas, Alex. Nos gustaría que vinieras más a menudo. Y ha sido un placer poder hablar con una mujer en esta ocasión.

—Bueno, si quieres tener contentos a tus empleados, tienes que tratarlos bien —señaló Alexander, sonriendo a su secretaria—. Sabrina y yo hemos estado trabajando mucho últimamente.

Tras desearles las buenas noches, Alexander caminó con Sabrina hasta su finca.

Ella también estaba cansada.

—¿Por qué tienes casas tan grandes, Alexander? —preguntó ella al entrar—. Como ésta y como la de Londres.

Él hizo una pausa, quedándose pensativo un momento.

—Porque me gusta tener espacio, eso es todo —contestó Alexander—. Buenas noches, Sabrina. Que duermas bien.

Entonces, ella se metió en su dormitorio y él se dio media vuelta.

Metiéndose bajo el esponjoso edredón, Sabrina trató de imaginar en qué habitación estaría durmiendo Alexander. ¿Estaría justo encima de la suya? Todavía no se había hecho un buen plano mental de la casa.

Había sido un día largo y bonito, pensó ella, somnolienta. No tenía ni una queja. El viaje había sido agradable y Alexander se había comportado como un perfecto caballero, haciéndola sentir cómoda y segura. Y feliz. Sonriendo en la oscuridad, recordó lo que Simone le había contado. ¡Alexander McDonald sosteniendo un bebé en sus brazos! ¡Qué imagen tan sorprendente!, se dijo.

Y, antes de quedarse dormida, tuvo que admitir algo más. Si él hubiera querido seducirla, ella se lo habría puesto muy fácil.

En su habitación, Alexander se miró al espejo mientras se cepillaba los dientes. A pesar de la reticencia inicial de Sabrina de acompañarlo, sabía que ella estaba contenta de haber aceptado. Él también se sentía contento, más feliz que en mucho tiempo. Ella era la primera persona que había invitado allí, nunca antes había querido compartir su preciada soledad. Pero, por una vez, había querido hacerlo y sólo con Sabrina.

Capítulo 11

TRES llamadas de claxon sacaron a Sabrina de su sueño a la mañana siguiente. Por supuesto, debía de ser la furgoneta con el pan recién hecho para el desayuno. ¡No tenía tiempo de ir a comprarlo!, pensó. Esperó que Alexander se encargara de ello... aunque ella seguía siendo su secretaria.

Sin embargo, al momento siguiente, escuchó voces fuera, el sonido de la puerta de entrada y los pasos de Alexander hacia su habitación.

Sin molestarse en mirarse al espejo, Sabrina se puso la bata y abrió la puerta. Se encontró de frente con Alexander, que llevaba en la mano dos largas barras de pan y una bolsa de papel.

—Mañana te toca a ti —señaló él, sonriéndole.

La delgada bata que Sabrina llevaba puesta dejaba adivinar su excitante figura y su pelo, enredado y suelto alrededor del rostro somnoliento, le daba un aspecto de lo más seductor. Alexander tragó saliva.

—¿Has dormido bien? —preguntó él.

—Como una niña —replicó Sabrina y titubeó un momento—. Parece que llevas tiempo levantado.

Alexander estaba descalzo, llevaba pantalones cortos blancos y una camiseta azul marino. Tenía el pelo mojado y pegado a la cara, sin afeitar.

–He estado un rato nadando. Pero no he querido despertarte. Ayer fue un día muy largo –señaló él y se giró para irse–. Sólo venía para decirte que ya son las nueve y media y que el desayuno estará listo dentro de cinco minutos. No hace falta que te vistas ahora, puedes hacerlo después.

Haciendo lo que le decía, Sabrina se metió en su cuarto. Se lavó la cara y las manos y se cepilló el pelo antes de bajar a la cocina. El delicioso olor a café recién hecho la recibió.

Alexander había cortado el pan y lo había untado con mantequilla y miel. Además, había dos pasteles todavía calientes y a Sabrina se le hizo la boca agua al verlos.

–Después de la deliciosa cena de ayer, pensé que no iba a volver a tener hambre –comentó ella mientras se sentaba, contemplando cómo Alexander servía dos generosas tazas de café. Luego, le pasó el azúcar y la leche.

–Es por al aire del campo –opinó él–. Y también influye estar relajado y sin presiones.

Tenía razón, pensó Sabrina. Se sentía relajada, más que nunca en su vida. De pronto, le parecía que nada importaba realmente y estaba impresionada por lo bien que su jefe y ella se habían adaptado el uno al otro. Sentía como si se conocieran desde hacía años. Tal vez, tenía que ver con los tres días que había pasado enferma en su cama.

Más tarde, Sabrina se cambió. Eligió unos pantalones cortos y una blusa verdes.

–Había pensado enseñarte la zona esta mañana –propuso él, observándola un momento. Sabrina se había recogido el pelo en una larga coleta que hacía destacar sus misteriosos ojos verdes. Esos ojos que lo tenían fascinado desde el primer día que la había visto.

–Como quieras, me parece bien, Alexander –replicó ella y se acercó a la ventana para mirar el paisaje–. No estoy en posición de discutirte –añadió, sonriendo por lo mucho que estaba disfrutando allí.

–Tú siempre dices lo que piensas, Sabrina –comentó él y se acercó a su lado–. Pero, por hoy, estoy de acuerdo en tomar el control del día. Podrás quejarte después, si no te ha gustado.

El resto de la mañana lo pasaron conociendo el área local. Aunque había poca gente, pasaron junto a un par de casitas aisladas y algunos graneros.

–¿Nunca traes a amigos aquí? –preguntó Sabrina, sin mirarlo.

–Claro que no –repuso él, como si la respuesta hubiera sido obvia. Entonces, al recordar lo mucho que Lucinda había insistido en visitar su casa de Francia, apretó los dientes–. Acabo de acordarme de algo. Supongo que recuerdas a Lucinda –indicó con cierto tono sardónico–. Lucinda va a celebrar su cumpleaños. Hace un par de días, me mandó una pretenciosa invitación con bordes dorados. Va a ser una fiesta espectacular, de las suyas.

–Suena divertido –dijo ella, sin entusiasmo.

–O no. Pero, como no voy a ir, da lo mismo –señaló él–. Ya sé dónde te voy a invitar a comer. Es un lugar muy acogedor, en una aldea que tiene un castillo –propuso y sonrió–. Y la comida es muy buena.

Mientras paseaban, Sabrina comprendió por qué

Alexander amaba tanto esa zona. Estaba alejada de la civilización. Y el paisaje era hermoso, salpicado de olivos y viñas y recorrido por ocasionales arroyos.

En el coche, atravesaron una pequeña aldea que tenía una tienda. En el escaparate, había cuadros y varios artículos de artesanía. Al darse cuenta de que Sabrina miraba interesada, Alexander aminoró la velocidad.

–¿Quieres echar un vistazo? –ofreció él.

–Me encantaría –repuso ella de inmediato–. Supongo que un sitio como éste atrae a muchos artistas.

–Bueno, los franceses saben cómo sacarle partido a los turistas, ya sabes.

Alexander aparcó y se acercaron a la tienda.

–Tiene cosas muy interesantes –observó él desde el escaparate–. Entremos.

Al atravesar la puerta, fueron efusivamente recibidos por una joven.

–Buenos días, *monsieur*, *mademoiselle* –saludó la dueña, sonriendo.

–*Bonjour*, Colette –saludó Alexander y miró a Sabrina–. Sé que no te gusta ir de compras, pero puede que este lugar te haga cambiar de aficiones –sugirió, entrando al fondo de la galería.

Sabrina tuvo que admitir que tenía razón. Era un lugar fascinante, mucho más grande de lo que parecía desde fuera. Durante la media hora siguiente, disfrutó tocándolo todo y considerando si compraba eso o aquello...

Además de caras acuarelas, había varios pañuelos y chales tejidos a mano, una estantería con platos pintados a mano, jarrones y vasijas de distintos tamaños. Había una sección con jarras de miel, botes de ajo en aceite, mermelada de cerezas y galletas caseras. Y, en una esquina junto a la ventana, brillaba una atractiva colección de bisutería hecha a mano.

Sabrina había estado tan inmersa en su exploración que apenas se había dado cuenta de que Alexander estaba al fondo de la tienda, enfrascado en una conversación con la dueña. De pronto, él se acercó, sonriendo.

–¿Has hecho tu elección? –preguntó él.

Sabrina le entregó un pañuelo y una pulsera a la dueña.

–Sí, gracias –repuso Sabrina y lo miró–. ¿Tú te has comprado algo?

Él asintió.

–Sólo un pequeño regalo, pero abulta mucho, así que Colette me lo mandará a casa más tarde.

Sin duda, sería un regalo para el cumpleaños de Lucinda, adivinó Sabrina. Tal vez, él no pretendía ir a la fiesta, pero la anfitriona esperaría un presente decente por parte de alguien como Alexander McDonald.

Colette envolvió las compras de Sabrina y se las entregó.

–Tiene una tienda muy bonita –le felicitó Sabrina, pagándole.

–Gracias, *mademoiselle* –repuso la otra mujer con una sonrisa–. Vuelva pronto.

Volvieron al coche y, poco después de la una en punto, llegaron a otro pueblo. Alexander paró delante un restaurante que tenía unas cuantas mesas fuera, bajo unos árboles que se mecían con la brisa.

Al otro lado de la calle, un canal brillaba bajo el sol. Había un par de barcos flotando en él. El ambiente de quietud y tranquilidad impresionó a Sabrina. Allí, parecía no pasar el tiempo, pensó.

Se sentaron en una de las mesas fuera. Había ya un par de comensales comiendo. Enseguida llegó el camarero con la carta. Pronto, Alexander y Sabrina le estaban hincando el diente a las tortillas que habían pedido, con un buen vino y queso.

Recostándose en la silla, Alexander contempló a Sabrina y se sintió afortunado porque el destino hubiera colocado en su vida a una secretaria así. No le había encontrado ni una falta a su manera de trabajar, ni a su actitud. Pero lo mejor de todo era que le encantaba su compañía.

Cuando salieron del restaurante poco después, comenzaron a caminar hacia el castillo. Era una residencia noble renacentista, en ruinas, sobre la cima de una colina. De pronto, el sol se ocultó y una brisa de aire frío hizo que Sabrina se estremeciera. De inmediato, sacó del bolso el pañuelo.

—Creo que voy a usarlo antes de lo que pensaba —comentó ella, poniéndoselo alrededor del cuello.

—Bueno, estamos en noviembre, ya no es verano —repuso él—. Espero que hayas venido preparada también para el frío.

—Pues sí —afirmó ella, pensando en el grueso jersey que había metido en la maleta.

Había también en el castillo una excursión de niños y Alexander y Sabrina recorrieron con ellos las puertas y pasadizos entre las paredes de piedra. Al fin, decidieron regresar a la casa.

—Me apetece darme un baño en la piscina —comentó Sabrina al llegar.

–Te acompañaré –dijo él, sonriendo–. Pero primero voy a preparar té.

Más tarde, mientras se ponía el bañador en su dormitorio, Sabrina tuvo que admitir que estaba preocupada... por Alexander y por sí misma. Porque lo deseaba. Quería estar en sus brazos, hacer el amor con él... Y tenía que estar conteniéndose para no echarse a sus brazos. No quería ni debía meterse en ningún lío con él, ni con nadie.

Descalza, entró en el baño para tomar una toalla que llevar a la piscina, todavía dándole vueltas al mismo tema. Lo bueno era que Alexander se comportaba de manera impecable, como un caballero. Apenas se habían rozado ni habían tenido ningún contacto físico. Por eso, pensó que él no debía de estar interesado ni debía tener ningún interés oculto en haberla invitado.

Por desgracia, durante los días siguientes, el tiempo empeoró mucho. Alexander y Sabrina, sin embargo, siguieron disfrutando de su baño matutino en la piscina y de largos paseos. Él parecía decidido a mostrarle todos los recovecos de la campiña que tanto le gustaba. En ningún momento, hablaron sobre la próxima novela que tenía que escribir.

Llevaban allí más de una semana cuando sonó el móvil de Sabrina. Sólo podía ser Melly, pensó ella. Su hermana la había llamado hacía unos días para decirle que ya estaba de regreso en Londres.

Pero no era Melly. Era Emma, una de sus antiguas compañeras de trabajo, para decirle que había una vacante de psicología que era una gran oportunidad para ella.

—Es para una nueva empresa —explicó Emma—. Y esta vez tienen la financiación. Además, está muy cerca de tu casa, Sabrina. En cuanto nos enteramos, todo el mundo pensó en ti. Pero debes presentar la solicitud formal. ¿Quieres que te envíe los papeles a casa?

Sabrina tardó unos minutos en centrarse.

—Estoy de vacaciones en Francia ahora mismo, Emma —señaló ella—. Pero volveremos la semana que viene.

—¿Quiénes?

—Umm, estoy aquí con mi jefe... son una especie de vacaciones de trabajo —contestó Sabrina—. Mira, te agradecería mucho que me mandaras la solicitud para que la rellene.

—Claro que sí. El último día es el treinta y uno de diciembre —informó Emma e hizo una pausa—. Me alegro de que te hayas tomado un descanso —añadió. Conocía a Sabrina desde hacía años y estaba al tanto de los problemas de su hermana y del terrible accidente de Stephen.

Alexander la miró cuando colgó.

—Era una de mis antiguas compañeras de trabajo. Me ha dicho que ha salido un nuevo puesto —señaló ella, tomando de nuevo el libro que había estado leyendo.

Alexander dejó la revista que tenía entre las manos.

—Ah. ¿Vas a solicitar ese puesto? —inquirió él, como si no le importara lo más mínimo.

—No lo sabré hasta que no me informe de las con-

diciones –replicó ella–. ¿Quieres que hagamos los fi-
letes que compramos ayer para cenar?

–Sí –afirmó él, aunque se le había quitado el ape-
tito sólo de pensar que Sabrina pretendía dejarlo... Eso
significaría que irían por caminos separados y que, tal
vez, no volverían a verse.

Después de la cena, sentados en el jardín, Sabrina
lo miró.

–No quiero estropearte el descanso, Alexander,
pero ¿has pensado en el próximo libro? Ya sabes que
he venido preparada para trabajar, si hace falta.

–No lo he pensado –negó él. Sólo había estado disfrutando de su compañía, pensó.

–Bueno, creo que era mi deber mencionarlo.

Pasada la medianoche, entraron en la casa y, antes
de separarse para dormir, Alexander hizo una pausa.

–Sabrina, gracias por otro día maravilloso –dijo él
con suavidad.

–Alexander, gracias a ti. Me estás dando unos... recuerdos preciosos que llevarme a casa –aseguró ella
y sonrió–. Nunca olvidaré estas vacaciones.

El silencio se cernió sobre ellos como una pregunta
en busca de respuesta. Entonces, sin poder detenerse,
Alexander se acercó a ella despacio. Inclinó la cabeza
y la besó en la boca, dejándose invadir por una oleada
de ardiente pasión.

Sabrina cerró los ojos, abandonándose a la intensidad del momento, y sintió que sus sentidos explotaban
de deseo...

Entonces, con suavidad, él la soltó y, sin decir más,
se fue a su dormitorio. Ella oyó su puerta cerrarse.

Con el corazón latiéndole a toda velocidad, Sabrina

entró en su cuarto y se sentó en el borde de la cama. Las rodillas le temblaban sin control.

¡Lo que había pasado era horrible!, se dijo a sí misma, reprendiéndose por haberlo permitido. Su jefe la había besado... y de una manera arrebatadora... ¡Aquello era una locura! Su relación no podía ir a ninguna parte. ¿Cómo iban a seguir con su relación laboral después de ese beso?

Tras unos momentos, el corazón de Sabrina se calmó. Dejó de temblar y la resignación ocupó el lugar del pánico. Sabía que aquel instante de erotismo había echado a perder todas sus buenas intenciones, pero le había hecho abrir los ojos. No podía negar que había deseado con toda su alma que Alexander la rodeara con sus brazos... y, cuando lo había hecho, se había sentido en la gloria. Por eso, no podía continuar evitando lo inevitable. Llevaba demasiado tiempo huyendo de sus sentimientos.

Decidida, Sabrina se puso en pie y salió de su habitación, sin molestarse siquiera en cerrar la puerta. Subió al dormitorio de Alexander y entró, sin llamar.

Él estaba de pie junto a la ventana y, cuando la oyó entrar, se giró y sonrió con gesto seductor.

–Alexander –dijo ella con voz firme–. ¿Te importa ayudarme a quitarme el botón de la blusa?

Capítulo 12

EN COMPLETO silencio, Alexander se acercó a ella con los brazos extendidos. Sabrina se abrazó a él y apoyó la cabeza en su hombro, dejando escapar un largo suspiro. Se quedaron así parados, sin articular palabra, saboreando aquel íntimo acercamiento.

Con facilidad, Alexander tomó a Sabrina en sus brazos, la llevó a la cama y se sentó a su lado. Ella inclinó la cabeza hacia delante, dejando al descubierto el botón que su blusa tenía en la nuca. Al sentir la calidez de sus manos sobre la piel, el deseo la recorrió de arriba abajo.

Con infinita paciencia, él le quitó la blusa y le desabrochó el sujetador. Posó las manos sobre los pechos de ella, al mismo tiempo que la besaba en la nuca.

A continuación, muy despacio, empezó a desnudarla. Él también se quedó por completo desnudo.

Durante unos instantes mágicos, Alexander la contempló, deleitándose con la belleza de sus delicadas curvas y la cremosidad de su piel. Con los ojos muy abiertos y empañados por la emoción, ella lo miró también, invitándolo a poseerla...

Alexander se tumbó a su lado y, tomándose su tiempo, comenzó a explorar su cuerpo con dulces caricias, antes de viajar por él con su boca, desde los labios hasta el cuello, a los pechos, a su plano vientre... Sus corazones latían en sintonía, mientras sus cuerpos temblaban de anticipación.

El tiempo pareció haberse detenido para Sabrina, que se sintió transportada por el más puro éxtasis en brazos de Alexander. Entonces, se colocó sobre ella y, con irresistible gracia y seguridad, la penetró. Ella se aferró a él, a punto de explotar de la emoción.

Durante un largo rato, se quedaron abrazados en la cama, sin querer que aquella maravillosa experiencia terminara. Al fin, Alexander se tumbó a su lado, se colocó la cabeza de ella sobre el pecho y suspiró con satisfacción.

Mientras la blanca luna bañaba los cuerpos de los amantes, los dos cayeron en un dulce sueño, lleno de plenitud y color.

Cuando Sabrina se despertó, apenas había amanecido. Al darse cuenta de que estaba sola, se sentó en la cama, frotándose los ojos. Se envolvió con la manta y se levantó para mirar por la ventana. La había despertado el ruido de un chapoteo y sonrió al ver a Alexander haciendo largos en la piscina a toda velocidad y sin parar. Tal vez, necesitaba hacer todo aquel ejercicio para sustituir sus sesiones de gimnasio, pensó.

En un momento dado, Alexander se detuvo al llegar a uno de los extremos y, notando que estaba siendo observado, levantó la vista y sonrió. Saludó con la mano antes de seguir nadando.

Alexander había necesitado hacer un poco de ejercicio y, sobre todo, estar a solas consigo mismo para pensar en lo que había pasado la noche anterior. ¿Qué debía hacer a continuación?, se preguntó a sí mismo. Aunque no tenía dudas sobre que la atracción era mutua y Sabrina se lo había demostrado con toda su pasión, no tenía ni idea de cuál debía ser el siguiente paso. ¿Qué esperaba ella que hiciera? Cuando volvieran a Londres, ¿mantendrían una relación laboral como antes? Para él, sería imposible. No podría soportar estar a su lado y no poder abrazarla... ¡requeriría demasiada fuerza de voluntad!, se dijo, maldiciendo para sus adentros. ¿Tal vez él la había tomado por sorpresa con ese beso? ¿Estaría Sabrina arrepintiéndose por lo que había pasado?

¿Pensaría que se había aprovechado de ella?

Disminuyendo el ritmo de sus brazadas, Alexander frunció el ceño, recordando los hechos. Después de todo, había sido Sabrina quien había ido a su habitación la noche anterior. Sí, le había pedido que le desabrochara el botón de la blusa, pero ella podía haberlo hecho sola.

Al menos, él lo había tomado como una invitación y no había titubeado. Sólo les quedaba una semana antes de regresar a Londres. ¿Habría echado a perder el resto de sus vacaciones juntos?, se preguntó, sintiéndose tan inseguro como un adolescente en su primera cita. Todavía inmerso en sus pensamientos, salió de la piscina.

Desde la ventana, Sabrina observó cómo él entraba en el cambiador. No llevaba bañador y su cuerpo bronceado y musculoso brillaba bajo el sol.

De pronto, Sabrina se dio cuenta de que ella también estaba desnuda. Debía regresar a su propio dormitorio. Pero, antes de que pudiera hacerlo, Alexander abrió la puerta de la habitación. Se quedaron mirándose en silencio. Y, tras un instante de titubeo, él se acercó y la besó con suavidad en la boca.

—El agua estaba buenísima... deberías probarla —comentó él con tono superficial, como si lo de la noche anterior nunca hubiera tenido lugar.

Sabrina tragó saliva.

—¿Te importa si me llevo la manta un momento? —preguntó ella, cubriéndose.

—Como quieras —repuso él y se dirigió al baño para ducharse—. Yo me ocuparé de ir a por el pan esta mañana.

Tras recoger su ropa, Sabrina se dio media vuelta y se fue a su habitación, mareada por una mezcla de sentimientos contradictorios. No había sabido qué esperar de él esa mañana, pero una cosa estaba clara. Lo que había sucedido, para él, había sido de lo más normal. La había mirado con cierta indiferencia y la había besado sin intensidad, sólo como un mero recordatorio de que su relación era un poco más íntima que antes.

Mientras se duchaba y se vestía, Sabrina no podía haberse sentido más desanimada. La noche anterior había sido un milagro para ella pero, en ese momento, se sentía hundida. Y no le gustaba sentirse así.

Él sólo la necesitaba de forma superficial y no significaba nada para él. ¿De qué se sorprendía?, se reprendió a sí misma. A Alexander le gustaban las mujeres, pero sólo hasta cierto límite, tal y como él mismo había admitido hacía tiempo. Si ella lo sabía, ¿por qué se había permitido esperar otra cosa? Se había metido en ello con pleno conocimiento de causa. Había entrado en su dormitorio con la nada inocente petición de que le desabrochara la blusa. Había obtenido lo que había querido. Entonces, ¿dónde estaba el problema?

Sabrina sabía cuál era el problema. Ella no era especial para nadie. El hombre del que estaba enamorada sin remedio no la necesitaba. Y, al parecer, su hermana, tampoco.

Por primera vez, Melly parecía estar bien y no necesitar su apoyo y su sostén.

Sabrina salió de la ducha y se secó. Hizo una pausa delante del espejo y recordó las dolorosas palabras que Alexander le había dicho acerca de su relación con Melly. Tal vez, él había tenido razón y ella había creído ser indispensable para su hermana, cuando no era así. No sólo eso... era culpable de haber sido sobreprotectora con ella y de no haber dejado que Melly solucionara sus problemas sola en multitud de ocasiones.

Bueno, al fin, estaba empezando a ver las cosas más claras, se dijo Sabrina. Acerca de todo y de todos. Estaba aprendiendo, sobre todo, acerca de sí misma. Y no le quedaba más remedio que aceptarlo: no era indispensable para nadie en el mundo, en lo que refería a los asuntos del corazón. Todos podían arreglárselas sin ella.

Sumida en sus pensamientos, enderezó los hombros e intentó animarse. Saldría de ésa. El mundo tenía muchas oportunidades por explorar.

En cuanto a las necesidades profesionales de su jefe, Alexander encontraría a otra persona cuando llegara el momento. Por su parte, Sabrina pensaba dimitir en cuanto le dieran el nuevo puesto de psicóloga del que le había hablado su amiga, si es que tenía suerte y se lo daban.

En su última noche en Francia, Alexander invitó a Marcel y a Simone a cenar. Sabrina decidió el menú: prepararía cóctel de gambas, ternera con verduras y tarta de chocolate con salsa de cerezas y crema para postre. Alexander no era muy buen cocinero, así que se limitó a elegir los vinos.

Sabrina se alegró de tener que dedicarse a hacer la compra y la comida, pues se estaba empezando a poner nerviosa de tener tanto tiempo libre.

También, le parecía un alivio que se fueran a casa al día siguiente. Desde que habían hecho el amor, las cosas habían cambiado entre los dos. Él no había vuelto a rozarla y se cuidaba mucho de hacer ningún movimiento que pudiera interpretarse como algo íntimo. Ella no se había presentado más en su habitación. Era difícil definir la situación entre ellos. Su actitud era amable y correcta, pero actuaban como si aquella noche nunca hubiera tenido lugar.

Sí, era hora de irse a casa, pensó Sabrina mientras metía la mezcla de la tarta en el horno. ¿Pero qué iba a encontrarse cuando llegara? El nuevo novio de Melly estaba durmiendo bajo su tejado. ¿Cuánto tiempo duraría esa situación? ¿Se sentiría ella como una intrusa en su propia casa?

Mucho después, cuando hubieron terminado de cenar, Marcel y Simone se despidieron para irse a casa. Simone abrazó a Sabrina con fuerza.

–Ha sido un placer conocerte, *chérie* –dijo la francesa e hizo una pausa, lanzándole a Alexander una rápida mirada–. Volverás a traer a Sabrina pronto, ¿verdad, Alex? Nos encanta teneros como vecinos. ¿Por qué no venís en Navidad? Aquí se está muy a gusto en esas fechas. Todas las casas ponen luces, cantamos villancicos y comemos y bebemos más que nunca. Di que vendrás, *mon ami*.

Alexander sonrió a Simone.

–Lo pensaré, Simone. Pero no sé si Sabrina querrá venir conmigo. Tal vez, ella prefiera estar con su familia.

Sabrina apartó la vista, sin molestarse en responder. Desde luego, ella no pensaba pasar las fiestas con Melly y su novio. Dos eran compañía, tres multitud.

–Bueno, de todas maneras, antes de Navidad, Sabrina y yo tenemos que trabajar mucho –comentó Alexander–. Estas dos semanas han sido todo lo que me he podido permitir por el momento.

Cuando la pareja se hubo ido, Alexander y Sabrina recogieron y limpiaron la cocina juntos.

–Les has gustado mucho –indicó él–. Marcel no te quitaba los ojos de encima y está claro que también le has caído bien a Simone. Cada vez que les llame por teléfono, me van a insistir en que te traiga conmigo.

Sabrina sonrió, pero no dijo nada.

–Nunca he pasado las Navidades aquí –continuó él–. Pero, por lo que dicen Simone y Marcel, debe de estar bien. Tal vez me anime. Supongo que tú tendrás que quedarte en tu casa, preparando el pavo, ¿no es así?

–Tengo la sensación de que estas Navidades serán

diferentes. Pero no quiero pensar en ello todavía. Queda mucho tiempo.

–No tanto –repuso él–. Y, antes de eso, tengo que empezar mi siguiente novela. Los primeros capítulos siempre son los más difíciles, así que vas a tener que trabajar mucho –puntualizó, ignorando a propósito la llamada que Sabrina había recibido de su colega sobre un posible empleo.

–¿Entonces tengo que estar en mi puesto el lunes? –preguntó Sabrina, dándose cuenta de que, en ese caso, sólo iba a tener cuarenta y ocho horas para poner en orden sus pensamientos, lavar la ropa y enfrentarse a lo que la estuviera esperando en casa.

Alexander posó las manos en los hombros de ella y la miró a los ojos.

–Así es –afirmó él–. Y los días sucesivos, como es lógico.

Capítulo 13

MIENTRAS tomaban asiento en el avión en Carcasona, Sabrina no sabía si se alegraba o le entristecía dejar Francia.

Tenía que admitir que él se había esforzado en que se sintiera cómoda y en mostrarle la zona. Y ella había disfrutado mucho. Alexander había sido la escolta perfecta y... el amante perfecto. La única noche que habían pasado juntos estaba grabada a fuego en su memoria. Sin embargo, le dolía en extremo que, desde entonces, no hubiera hablado del tema. Él no le había expresado sus sentimientos. Ni le había dicho que la amara, como ella había esperado. Pero era una esperanza inútil, se dijo. Alexander McDonald no era de esa clase de hombres y nunca lo sería.

Sabrina suspiró. La incómoda conclusión a la que había llegado había sido que esa noche los dos se habían deseado y que el deseo de él había sido satisfecho. Por completo. Y ya no necesitaba más. En el momento, su relación se limitaba al trabajo y punto.

De todas maneras, aunque su encuentro amoroso hubiera sido una mera aventura para él, Sabrina no se arrepentía. ¿Cómo iba a arrepentirse de haber hecho el amor con alguien como Alexander McDonald, apasionado, tierno y considerado?

Entonces, Sabrina levantó la vista hacia él, que estaba colocando las bolsas de mano en el maletero, y se preguntó si él habría pensado en ello. Desde luego, nada indicaba que así hubiera sido.

Lo único que ella podía hacer era centrarse en la realidad. Guardaría aquella hermosa experiencia en su caja de los recuerdos y seguiría adelante con su vida. Había tenido unas vacaciones maravillosas, había conocido al matrimonio LeFevre y, por primera vez, pensaba que no iba a tener que continuar preocupándose por su hermana.

Cuando estaban esperando a que salieran sus maletas, sonó el teléfono móvil de Alexander. Él lo había tenido apagado durante casi todas sus vacaciones, pero lo acababa de encender por si llamaba su editor. Contestó, mirando a Sabrina.

Pero no era su editor, sino Lydia.

—¡Alex! ¡Oh, gracias a Dios! ¡Llevo dos días intentando localizarte!

—Lo siento, estaba descansando, Lydia. ¿Qué sucede? —preguntó él, presintiendo que algo andaba mal.

—Es Angus. Sufrió un ataque al corazón el jueves y está en la unidad de cuidados intensivos y...

—¿Dónde está? —inquirió él, conmocionado.

Durante unos instantes, Lydia habló sin parar con voz histérica.

—De acuerdo, Lydia. Estaré allí dentro de una hora —dijo él, mirándose el reloj. Iremos directos —informó e hizo una pausa—. Dile a papá... Dile que voy para allá.

Alexander colgó y sacó sus maletas del carrusel con un rápido movimiento. Miró a Sabrina.

–Mi padre ha sufrido un ataque al corazón. Tenemos que ir al hospital... ahora.

Por primera vez, Sabrina percibió en sus ojos una expresión de miedo y profunda preocupación.

Ella tuvo que esforzarse por seguir su paso mientras se dirigían a la salida.

–Me iré sola a casa, Alexander –indicó ella, cuando él paró un taxi.

–Nada de eso. Quiero que vengas conmigo... por favor –pidió él.

De acuerdo, tal vez, podía serle de ayuda, pensó Sabrina, aceptando.

Tardaron menos de una hora en llegar al hospital. De inmediato, subieron las escaleras hasta la planta donde estaba la habitación donde estaba Angus. Mientras corrían por los pasillos, Sabrina tenía el estómago encogido. Hacía mucho tiempo que no iba a un hospital...

Cuando entraron en la habitación, Sabrina se levantó de la silla. Su rostro era un cuadro de desesperación y angustia.

–Oh, Alexander... Me alegro tanto de verte... –balbuceó Lydia–. Bruno me acompañó cuando trajimos a tu padre, pero tiene gripe y los médicos le han dicho que es mejor que no esté aquí –añadió y se agarró a la cama, como si estuviera a punto de desmayarse–. No me he apartado del lado de Angus desde que llegamos, pero...

Alexander ayudó a su madre a sentarse de nuevo.

–Bueno, Lydia, empieza desde el principio –pidió Alexander con voz calmada.

Sintiéndose como una intrusa, Sabrina se quedó allí parada, oyendo lo que su madre le contaba.

Lydia informó de todos los detalles. Angus había vuelto de uno de sus viajes, no se había sentido muy bien durante la cena y se había desmayado.

–Pensé que se había muerto, Alexander –susurró Lydia–. No podía levantarlo del suelo y tenía un aspecto... horrible. Ha recuperado la conciencia un par de veces, Alexander. Pero no me reconoce. No me reconoce...

Lydia no pudo contener las lágrimas. Desde una esquina, Sabrina frunció el ceño, contemplando la escena. Por lo que Alexander le había contado, su matrimonio carecía de amor, sin embargo, su madre parecía destrozada ante la posibilidad de perder a su marido.

Alexander se acercó en silencio a la cama y, durante largos instantes, se quedó mirando la figura inconsciente de su madre. Luego, le tomó la mano y comenzó a acariciársela con suavidad.

–Hola, papá –musitó él–. Soy Alex... ¿Puedes oírme, papá?

Justo entonces, llegó una enfermera con un médico y, durante varios minutos, hablaron en voz baja con Alexander, mientras Lydia esperaba encogida en la silla, mirando al vacío. No había ni rastro de su extravagante maquillaje, ni de sus ropas ostentosas. Llevaba una falda azul sencilla y una rebeca y no parecía haberse dado cuenta de que Sabrina había acompañado a su hijo.

La enfermera y el médico salieron y Alexander hizo una seña a Sabrina para que se acercara a él y a su madre.

–Están esperando los resultados antes de que puedan darnos una idea del pronóstico –informó él en voz baja–. Debes irte a casa, Lydia, y descansar. Yo me quedaré esta noche y todo el tiempo que haga falta –aseguró y miró a Sabrina–. ¿Recuerdas a mi secretaria Sabrina?

Lydia posó sus ojos agotados en Sabrina.

–Sí... me acuerdo.

–Nosotros nos encargaremos. Te pediré un taxi... e intenta no preocuparte demasiado. Los médicos dicen que no está todo perdido.

Lydia se levantó despacio, aliviada porque alguien estuviera dispuesto a tomarle el relevo. Comenzó a llorar de nuevo. Su hijo la dejó desahogarse en sus brazos.

–Me siento tan hundida, Alexander... –gimió ella.

–Claro. Estás agotada. Y te has asustado mucho. Debes intentar descansar.

–No... no. Lo que quiero decir es que no he sido una buena esposa para Angus. Sé que soy egoísta y que siempre pienso en mí. Debí haber pensado más en él... y en vosotros, también, hijos.

Alexander apartó a su madre de su lado, con gesto de confusión y sorpresa. No parecía ser la misma...

–Le debo a Angus demasiadas cosas... Se lo debo todo. Él era el único que me entendía, lo comprendía todo sobre mí –susurró Lydia.

–¿Qué quieres decir, Lydia? –preguntó Alexander con suavidad.

Lydia calló unos segundos antes de continuar.

–Él es el único que sabe la verdad sobre mí... y sobre mi procedencia –respondió ella y tragó saliva. Respiró hondo y se secó los ojos–. Mis padres, tus abuelos, no murieron en un coche como os conté. Me dieron en adopción a una pareja que, en realidad, no quería niños. Pocos años después, cuando yo tenía diez, se divorciaron. Mi madre adoptiva tuvo que criarme sola. Aprendí de ella todo lo que sé... Aprendí cómo hacer que los hombres se fijaran en mí, a pensar siempre primero en mí misma, a no dejar que la familia se interpusiera en mi camino... A ocuparme de mí, porque nadie más lo haría –confesó Lydia.

Lydia se había refugiado en los brazos de su hijo de nuevo y Alexander apoyó la barbilla en la cabeza de su madre, incapaz de creer lo que estaba oyendo.

–Yo era muy joven cuando conocí a Angus y, cuando me pidió que me casara con él, no podía creer la suerte que había tenido –prosiguió Lydia con voz calmada, dejando fluir las palabras–. Él era todo lo que me habían enseñado que debía buscar en un hombre... guapo y rico. Sin embargo, era mucho más que eso. Era amable y generoso, siempre me perdonaba mis faltas y me prometía que nunca me dejaría. Y yo no podía soportar imaginarme la vida sin él. Nos... nos entendíamos muy bien. Aunque tiene sus defectos, siempre ha estado ahí cuando lo he necesitado.

Lydia se quedó callada con gesto ausente un momento, como si estuviera en otro mundo.

–Si Angus se muere, yo también quiero morirme –afirmó Lydia con voz apagada. Los ojos se le llenaron de lágrimas de nuevo–. No puedo imaginarme la vida sin él.

Entonces, se sacó un pañuelo del bolsillo y miró a su hijo.

–Y lo mejor que tu padre ha hecho por mí ha sido darme dos hijos maravillosos... hijos de los que siempre he estado orgullosa. Hijos que se merecían mucho más que una madre como yo –admitió Lydia con tristeza.

Esa noche, cuando Sabrina se acostó en la habitación privada que Alexander había reservado para ella en el hospital, se sintió como si estuviera formando parte de una especie de melodrama televisivo. Todo era tan surrealista, tan inesperado, pensó. Se suponía que ella debería estar en su casa, deshaciendo las maletas y hablando de sus vacaciones. En lugar de eso, se había convertido en parte del drama y, además, había conocido una faceta diferente de Alexander McDonald... su lado más tierno y compasivo. Su amor por su padre enfermo era conmovedor y evidente. Por otra parte, era obvio que su corazón se había derretido en lo relativo a su madre.

Después de haber acompañado a Lydia al taxi, Alexander y Sabrina había ido al restaurante del hospital para comer algo. Para ella, la situación había sido un poco embarazosa, sobre todo, por haber sido testigo de todo lo que Lydia había contado. De todos modos, él había necesitado hablar con alguien de la confesión de su madre.

–Hoy creo que he conocido a mi madre por primera vez –había comentado él, despacio, mientras tomaban café–. Nunca me había hablado así antes –había recordado y, tras una pausa, había añadido–: He descubierto una o dos cosas... Parece ser que es imposible adivinar lo que hace que la gente sea como es o haga lo que hace.

En ese momento, mientras se acurrucaba debajo de la manta, Sabrina se alegró porque, al menos, tenía allí su maleta y su ropa, pues habían ido directos desde el aeropuerto al hospital. Había podido lavarse los dientes con su cepillo y ponerse su camisón. Aunque dudaba mucho poder dormir... Prefería haberse quedado junto a la cama de Angus, con Alexander, para acompañarlo. Pero él había insistido en que se fuera a dormir.

–Estoy seguro de que te voy a necesitar fresca mañana –había explicado él, besándola con suavidad en la mejilla–. Que duermas bien. Te despertaré si hay algún cambio –había afirmado y, tras un momento de titubeo, la había abrazado–. Gracias por venir conmigo, Sabrina.

–Ojalá pudiera hacer algo para ayudar –había respondido ella con gesto de impotencia.

–Lo estás haciendo –había asegurado él en un susurró–. Al estar aquí.

Durante las siguientes treinta y seis horas, Angus permaneció igual.

Cuando Lydia volvió al hospital la mañana del lunes, se encontró con Sabrina sentada sola en la habitación, junto a la cama de su marido. Cuando la otra mujer entró, la joven se puso en pie de inmediato.

–Yo... he relevado a Alexander durante un par de horas, señora McDonald –explicó Sabrina–. Él está muy cansado, así que le sugerí que se fuera a descansar un poco.

Lydia sonrió, aunque todavía parecía cansada y angustiada.

–Es muy amable por tu parte, Sabrina. Gracias –dijo la madre de Alexander.

Vaya, otra sorpresa, pensó Sabrina. Había esperado que la mujer se enojara porque una extraña estuviera allí en un momento tan delicado para su familia. Sobre todo, porque era sólo la secretaria.

En ese momento, entró una enfermera y se acercó a la cama. Hizo una pequeña exclamación.

—Ah, señor McDonald, tiene usted mejor aspecto —dijo la enfermera con tono cariñoso—. Mire... su esposa ha venido a verlo. ¿Cómo se encuentra?

Tras unos segundos, Angus consiguió articular palabra.

—Yo... me siento... b-bien. Gracias.

A continuación, todo pasó a gran velocidad. Llamaron al médico con urgencia. Lydia se quedó junto a su marido, sosteniéndole la cabeza con las manos. Y Sabrina salió de la habitación para informar a Alexander.

Cuando entró en la habitación privada donde se suponía que él debía estar durmiendo, se lo encontró de pie junto a la ventana, con las manos en los bolsillos. Sabrina se acercó y lo tocó con suavidad.

—Te están buscando, Alexander —señaló ella—. Creo que debes ir.

Él se volvió de golpe.

—¿Mi padre...? ¿No se ha...? —preguntó él con tono fiero.

Sabrina sonrió.

—No. Acaba de decirle a todo el mundo que se encuentra bien —afirmó ella—. Estoy segura de que también tú querrás escucharlo.

Cuando Alexander se hubo ido, Sabrina empezó a hacer la maleta con las pocas cosas que había sacado durante su estancia en el hospital, preparándose para irse a casa.

–Quédate en casa hasta que me ponga en contacto contigo, Sabrina –le indicó Alexander cuando ella le dijo que se iba–. No sé cuándo volveré al trabajo... Me quedaré aquí todo el tiempo que haga falta. Pero, en cuanto la situación se aclare, te llamaré.

Mientras recogía las pocas cosas que le quedaban en el baño, Sabrina se detuvo un momento, pensativa. Nunca había hablado con Angus McDonald, pero le caía bien. Y, de veras, le deseaba lo mejor. Por el bien de Alexander y, también, por Lydia.

Una mañana, diez días después, Sabrina llegó a casa y se encontró con que Melly y Sam también estaban allí. Antes de que pudieran saludarse como era debido, alguien llamó a la puerta. De inmediato, ella se fue a abrir. Alexander estaba allí, con un paquete en la mano envuelto con papel marrón.

–¡Alexander! –exclamó Sabrina, sin molestarse en ocultar su alegría por volver a verlo–. ¿Qué...? ¿Por qué...? Quiero decir... disculpa, ¡entra!

Alexander sonrió y la siguió dentro de la casa.

–Bueno, pasaba por aquí... –comentó él.

Sin embargo, ambos sabían que no era cierto.

–Y se me ha ocurrido aprovechar el momento para traerte esto –continuó él.

Sabrina no sabía de qué estaba hablando, pero lo invitó a la cocina, donde Melly y Sam estaba tomando café.

–Alexander, te presento a mi hermana. Melly... éste

es mi... mi jefe, Alexander McDonald –dijo Sabrina–. Creo que ni siquiera te había mencionado su nombre.

Alexander dejó el paquete con cuidado apoyado en la pared y se acercó con la mano extendida.

–Hola, Melly –saludó él–. He oído hablar mucho de ti.

Melly sonrió ante aquel hombre tan apuesto, claramente impresionada por estar delante del famoso Alexander McDonald.

–Me alegro mucho de que tu padre esté recuperándose –dijo Melly por su parte, pensando que, si su hermana seguía hablándole de los problemas de su jefe, le estallaría la cabeza.

–Gracias. Sí, es un alivio para todos –replicó Alexander.

Melly miró a Sam.

–Y éste es mi novio, Sam Conway.

Los dos hombres se estrecharon la mano.

–¿Quieres café, Alexander? –ofreció Sabrina.

–Sí, gracias –contestó él.

Sabrina le tendió el café a su jefe. Mirando a Melly, se preguntó si estaría comparándolo con su hermano Bruno, a quien Melly había visto en un par de ocasiones. Bueno, no había ni punto de comparación, pensó ella. Ni en cuanto al aspecto, ni el estilo, ni los modales... no se parecían en nada.

Alexander se puso en pie.

–Bueno, tengo que arreglar algo arriba –señaló él, de pronto.

Sabrina se quedó mirándolo.

–¿Qué quieres decir?

–Tengo que llevar a cabo una pequeña tarea, eso es

todo —contestó él y sonrió—. Puedes venir conmigo y ayudarme, si quieres.

Juntos, los dos salieron de la cocina y, en el pasillo, Sabrina le ayudó a rasgar el papel del paquete. Cuando lo vio, soltó un grito de admiración.

—¡Alexander! ¿Esto es... esto es para nosotras? ¡No deberías haberte molestado! Es precioso... ¡Es una maravilla!

—Sabía que te gustaría —replicó él—. Le pedí a Colette que lo envolviera con todo el cuidado y el cariño del mundo —comentó y, agarrando el pesado y bonito espejo, comenzó a subir las escaleras.

Sabrina lo siguió.

—En cuanto lo vi, pensé que quedaría muy bien en el lugar del que se rompió —continuó él—. El problema es que quería mantenerlo en secreto para darte una sorpresa... por suerte, estabas demasiado ocupada con tus compras como para darte cuenta.

Alexander no pidió a Sabrina que volviera a trabajar hasta mediados de diciembre. Mientras ella caminaba por el vecindario de su jefe, hacia su casa, se alegró de poder recuperar su rutina. Tampoco había estado perdiendo el tiempo en su casa, pero cobrar por no trabajar le estaba empezando a hacer sentir una inútil.

Aquel tiempo le había servido a Sabrina para pensar. Al ver lo felices que eran Melly y Sam y la manera en que los dos se prodigaban muestras de cariño mutuo, ella no había podido sentir el aguijón de la envidia. Estaban tan enamorados... Sin duda, parecían hechos el uno para el otro.

Por una parte, Sabrina se alegraba y estaba entusiasmada por ellos. Por otra, otro sentimiento menos agradable la invadía. El cordón umbilical que la había unido a su hermana durante toda la vida había sido cortado para siempre.

Sin embargo, todo aquello no era nada comparado con el remolino de emociones que experimentaba acerca de su jefe. Su jefe. Alguien que la necesitaba. Oh, sí, la necesitaba... aunque sólo fuera por el momento. Eso le había dicho Alexander, en varias ocasiones. Ella había cumplido todas sus obligaciones como secretaria como mejor había sabido... se había quedado hasta tarde o había entrado a trabajar más temprano de la cuenta cada vez que él se lo había pedido, le había preparado cafés, desayunos y comidas... y alguna cena o dos. Y lo había acompañado a Francia, porque eso le había pedido. Había consentido hacer el amor, pues eso había necesitado él. Luego, le había rogado que lo consolara y lo acompañara en el hospital. Podía permitirse el lujo de hacerle todas esas peticiones. ¿Acaso no le estaba pagando un generoso salario para ello?, se dijo ella con ironía.

Sabrina aminoró el paso. Debía ser honesta, se reprendió a sí misma. Era posible que Alexander la necesitara, pero ella lo necesitaba a él también... porque daba la casualidad de que lo amaba con todo su corazón. Había luchado contra su corazón, sin querer arriesgarse a entregarse a la pasión, temiendo el sufrimiento que eso le acarrearía después. Sin embargo, era una causa perdida.

Su jefe no la amaba... no como ella ansiaba. Y dudaba que Alexander McDonald fuera capaz de ofrecerle su amor a ella... o a cualquier otra mujer. No estaba en su naturaleza.

Sabrina entró en la casa con su llave y subió al despacho. Le dio la sensación de que había pasado una eternidad desde la última vez que había estado allí. Habían pasado tantas cosas...

No parecía haber nadie por allí. Sin duda, María había salido y no había ni rastro de Alexander. Acercándose a su mesa, Sabrina vio de pronto un gran libro con pastas de cuero. Reconociendo de inmediato lo que era, lo tomó en sus manos con avidez. Era su novela. Su peso le hizo recordar todo el trabajo que habían invertido en él...

Con cuidado, casi con reverencia, Sabrina abrió la primera página de *Síntomas de traición*, de Alexander McDonald. Con manos temblorosas, lo contempló, con una sensación de orgullo personal. Ella había estado allí cuando el famoso escritor le había dado vida a todo aquello, lo había acompañado cuando se había enfrentado a las partes más difíciles de la novela, había compartido su alivio cuando había terminado el último capítulo...

Sin poder apartar los ojos de él, leyó las dos primeras páginas, que contenían una lista de las anteriores obras del autor. Luego, estaban los agradecimientos y había un apartado advirtiendo de que todos los personajes eran ficticios y, a continuación... Sin poder creer lo que veía, tuvo que sentarse un momento.

En la página inmediatamente anterior al capítulo primero había una dedicatoria. Eran sólo dos palabras, centradas:

Para Sabrina.

Eso era todo. Lo primero que sintió Sabrina fue sorpresa y incredulidad. Estaba emocionada. Nunca habían hablado de dedicatorias y, al ver su propio nombre allí, se quedó casi sin respiración.

Se recostó en la silla un instante, con la mirada puesta en aquella página. Bueno, sin duda, debía de ser su manera de expresar su gratitud, pensó. Una especie de palmadita en la espalda por su lealtad... o tal vez Alexander se había quedado sin amigos a quien dedicarle sus libros.

Fuera cual fuera la razón, Sabrina se sentía abrumada. Se esforzó por contener las lágrimas. Era un privilegio. Y un honor.

Al sacar un pañuelo del bolso, se le cayó un papel al suelo. Era el documento de solicitud para el nuevo trabajo del que le había hablado su amiga Emma. Sabrina había retrasado el momento de rellenarla pero, quizá, ya era hora, se dijo. Igual, su misión allí había terminado. La novela de Alexander había sido publicada, habían satisfecho su objetivo. Sin embargo, le gustaba tanto estar allí que estaba empezando a olvidar que era una experta psicóloga y que le esperaba un mundo de posibilidades fuera de allí, un mundo que no incluía a Alexander McDonald.

En el salón, junto al despacho, Alexander estaba sentado en silencio, mirando al vacío. Había oído entrar a Sabrina, pero había querido esperar a que viera el libro... su libro... antes de que se encontraran cara a cara esa mañana. Él había retrasado a propósito su regreso al trabajo, porque había necesitado pasar un tiempo sin ella, para comprobar si sería capaz de enfrentarse al futuro solo. Y para convencerse, de una forma u otra, de que Sabrina no era tan indispensable como había llegado a creer. Pero no lo había convencido. Desde hacía mucho, había sabido que la necesitaba.

De repente, Alexander se levantó, se acercó a la puerta del despacho con decisión y la abrió. Era el momento de la verdad, se dijo. No podía soportar más la espera, la incertidumbre...

Sabrina levantó la vista y sonrió, señalando la novela que tenía delante.

—Oh, Alexander. ¡Qué buena pinta tiene! ¡Es una maravilla poder ver el producto terminado! —exclamó ella—. Debes de estar muy orgulloso de tu creación.

Él se encogió de hombros.

—¿Y tú? —replicó él—. Si no recuerdo mal, los dos hemos trabajado en el proyecto.

Había acertado en su suposición, pensó Sabrina. Había tenido razón al adivinar que él le había dedicado el libro para pagarle el favor.

—Y muchas gracias por la dedicatoria —añadió ella y tragó saliva—. Apenas puedo creerlo.

Alexander caminó hasta ella y posó los ojos en la solicitud de trabajo que Sabrina había empezado a rellenar.

—¿Qué es eso? ¿Qué estás haciendo? —preguntó él, sin andarse por las ramas.

—Oh, es la solicitud para el puesto del que mi colega me habló cuando estábamos en Francia —respondió ella, como si no tuviera importancia—. Pero no te preocupes, aunque tenga éxito y me den el empleo, lo que no es seguro, no empezaría hasta finales de marzo, así que tenemos mucho tiempo para concentrarnos en tu próxima novela.

—¡No lo hagas! —ordenó él con tono áspero—. ¡No hagas esto! No quiero que te vayas.

Sabrina se encogió un poco. Sabía que él necesitaba una secretaria y era obvio que ella satisfacía los requisitos necesarios. Era comprensible que no quisiera que se fuera. ¿Qué otra cosa podía esperar?

Pero ella sabía que, en esa ocasión, debía pensar más en sí misma y menos en él. Y, al mirarlo a la cara, ese rostro tan atractivo con esos ojos que siempre parecían capaces de leerle el pensamiento, supo que debía ponerle fin a todo aquello. No podía soportar estar cerca de él... y que no la amara.

—Lo siento, Alexander —dijo ella—. Pero creo que es buena idea que nos despidamos pronto.

—¿Por qué? —preguntó él aspereza—. ¿Por qué es buena idea? Pensé que nos llevábamos bien, tú y yo, Sabrina. ¿Podríamos seguir haciéndolo, no crees?

—¿Qué quieres decir con eso exactamente?

—Bueno, lo que quiero decir es que quiero que estemos juntos... de la forma adecuada. Que nos comprometamos el uno con el otro —replicó él, meneando la cabeza con irritación—. Lo que quiero decir es que deseo que te cases conmigo. ¿Cuál es el problema?

Durante unos segundos, Sabrina estuvo a punto de reírse por la pregunta. Era el momento de decirle lo que pensaba.

—Tú eres el problema, Alexander —repuso ella, sorprendida por la frialdad de su propio tono.

—¿Por qué? ¡Explícate! —exigió él.

Sabrina lo miró de frente, con los ojos empañados.

—Es verdad que nos llevamos bien —afirmó ella. Era imposible que olvidara la apasionada noche que habían pasado juntos—. Aunque no creo que me comprendas, Alexander. Yo sí estoy al tanto de tus necesidades, de tus deseos, pero no siento que tú estés al tanto de los míos. No tienes ni idea —añadió en voz baja.

—Si me dejas, nunca descubriré cuáles son tus necesidades ni de qué estás hablando —señaló él, pasándose una mano por el pelo—. Si es porque quieres retomar tu profesión, te aseguro que lo entiendo sin problemas. Nunca me interpondría en tu camino. Puedes establecer tu propia consulta aquí, si quieres... hay sitio de sobra. Y podrías seguir trabajando para mí. Encontraríamos la manera. Pero no me dejes, Sabrina. Tienes que darme más tiempo... Es lo único que te pido... tiempo.

—No es tiempo lo que necesitas —opinó Sabrina despacio—. Lo que te falta, Alexander, es la capacidad de comprender lo único que yo o cualquier mujer esperaría oírte decir. Bueno, son tres cosas, en realidad.

—¿Qué cosas son ésas?

Sabrina se quedó un largo instante mirando al vacío.

—Quiero que me digas que deberíamos estar juntos y que deberíamos comprometernos el uno con el otro porque me amas... y por ninguna otra razón. Quiero que te obligues a decirlo... a decir «te amo».

Sabrina tragó saliva, sorprendida por su propia temeridad. ¡Le estaba dando órdenes a su jefe! ¿Cómo había tenido el valor de hacerlo? Sin embargo, le había obligado a dar una respuesta. Sólo pensaba darle esa oportunidad.

—Quiero que me digas que me amas, Alexander —repitió ella tras un momento—. ¿Tan difícil es para ti?

En completo silencio, los dos se quedaron inmóviles, como personajes de un drama que estaba a punto de alcanzar su clímax. La intensidad del momento casi podía palparse en la habitación.

Entonces, Alexander caminó despacio hasta la ventana, con las manos metidas en los bolsillos.

—Tal vez, debería explicarte algo —dijo él—. Sobre Angelica —añadió y se quedó callado unos segundos—. La conocí cuando yo estaba firmando libros. Ella estaba en la larga cola que los organizadores trataban de acelerar —recordó e hizo una pausa—. En esas ocasiones, siempre hay gente que quiere charlar y la cosa puede retrasarse un poco. Ese día en concreto, parecía interminable. Había cientos de personas allí.

Alexander esperó unos momentos antes de continuar.

—Yo levanté la vista en una o dos ocasiones y vi a una chica alta con el pelo moreno, muy hermosa... Bueno, me llamó mucho la atención. Al fin, le llegó el turno. Intercambiamos saludos y ella me dio el libro. Me pidió que, en la dedicatoria, le pusiera: *Para Angelica*... y *nunca te rindas*. En ese momento, me pareció un poco extraño —explicó.

Alexander posó los ojos en Sabrina un momento.

—Luego, cuando yo salía del edificio para ir al aparcamiento, la vi allí —continuó él. Había aparcado junto a mi coche... debía de haber ido allí muy temprano para hacerlo —añadió e hizo otra larga pausa—. Me preguntó si la podía invitar a tomar algo. La verdad era que había sido un día muy largo y, de pronto, la idea de pasar una hora en compañía de una mujer tan atractiva... me resultó muy tentadora. Así que la invité a

cenar y no nos separamos hasta medianoche. Intercambiamos nuestros números de teléfono, a mí me había parecido una compañía agradable: era inteligente
y sabía escuchar. Ella escuchaba con avidez cada una
de mis palabras. Supongo que mi ego disfrutaba mucho con eso –reconoció y posó la mirada en la ventana
de nuevo–. Sucedió hace mucho tiempo –se justificó,
a la defensiva–. Durante los dos o tres meses siguientes, estuvimos viéndonos mucho... y yo empecé a pre-
guntarme si era la mujer indicada para que me casara
con ella y sentara la cabeza...

Alexander dio un respingo, resoplando.

En ese momento, Sabrina se levantó y se acercó,
intuyendo que no era para él plato de buen gusto contarle aquello.

Él continuó.

–Una noche, me invitaron a ir con ella al cumpleaños de alguien. Era un bar de vinos en el centro, que
estaba abarrotado. Había mucha gente joven, mucho
ruido y mucha bebida. No era la clase de fiesta que
más me gustaba, pero... –dijo él y meneó la cabeza–.
Por desgracia, para Angelica y para mí, tengo muy
buen oído. Más tarde, esa noche, la escuché hablando
con dos amigas –prosiguió e hizo una mueca. Recordaba el incidente con toda claridad, como si hubiera
sido el día anterior–. En resumen, su conversación de-
lataba que el propósito con el cual Angélica se había
acercado a mí era para llegar hasta Bruno, mi famoso
hermano. Al parecer, tenía grandes ambiciones en el
mundo del teatro... algo que no se había molestado en
compartir conmigo, por cierto. En nuestras largas
charlas, apenas habíamos mencionado nunca el nom-

bre de mi hermano. Llegados a ese punto, lo comprendí todo. Sobre todo, cuando oí el comentario final de Angélica a sus amigas.

Alexander torció la boca al recordar.

—«En cuanto consiga meterme en su entorno familiar, ¿quién sabe hasta dónde podré llegar? Alexander será mi primer paso al éxito... ¡al estrellato! ¡Seré famosa en todo el mundo!». Eso fue lo que dijo —confesó Alexander—. No estaba interesada en mí en absoluto... era Bruno a quien perseguía, con la intención de progresar en su carrera. Y, al mirar atrás, tengo que reconocer que fue muy buena en su actuación. Me hizo sentir como si fuera el único hombre en el planeta para ella. Sin embargo, lo último que les dijo a sus amigas fue: «Haré lo haga falta... Ya me conocéis. La persistencia es una de mis cualidades... y nunca, nunca me rindo... sobre todo, cuando quiero algo de verdad». Entonces, me acordé de la dedicatoria que Angelica me había pedido que le escribiera y ya no me quedó ninguna duda sobre sus motivos para querer hablar conmigo.

Hubo unos minutos de silencio total, mientras Sabrina digería todo lo que Alexander acababa de contarle. Debía de haber sido terrible sentirse usado así, como herramienta para las ambiciones de otra persona... encima, para acercase a un pariente cercano. Qué doloroso y humillante debía de haberle resultado, adivinó. Sin duda, Alexander McDonald no había estado acostumbrado a que lo humillaran, pensó, y era algo que no estaba dispuesto a volver a tolerar.

—Así que nuestra «maravillosa» relación terminó esa noche... y no he vuelto a verla desde entonces —ex-

plicó Alexander–. Tampoco he visto el nombre de Angélica en los carteles de neón de los teatros.

Con ternura, Sabrina le rodeó la cintura con el brazo
y apoyó la cabeza en el hombro de él.

–Siento que hayas tenido que contármelo, Alexander –dijo ella–. Pero me alegro de que lo hayas hecho,
porque eso responde a mi pregunta. Es imperdonable
que alguien te tratara así, bueno, yo no habría podido
perdonárselo si me lo hubiera hecho a mí –reconoció
con franqueza–. Por eso, entiendo tu reticencia a decirle a alguien, a una mujer, que la amas...

Al escuchar aquello, Alexander esbozó una lenta
sonrisa. Con pasión, abrazó a Sabrina entre sus brazos,
apretándola con fuerza.

–Sabrina –susurró él con los labios apoyados en su
pelo y en su cuello–. Nunca le he dicho esas palabras
a nadie porque, supongo que... bueno, porque... –balbuceó él y frunció el ceño un momento–. Nunca nadie
me las ha dicho a mí. Son unas palabras que siempre me
han parecido irreales, como si pertenecieran a otro
mundo, lejos de mi alcance –apuntó y la miró a los
ojos.

Sabrina se derritió de amor y de ternura.

–Pero, desde que te conozco, no he dejado de mur-
murar esas palabras para mis adentros, Sabrina. Y
ahora voy a decirlas en voz alta. Por primera vez en
mi vida, voy a decirle a una persona que la quiero. Te
quiero, Sabrina Gold. Te amo. Con todo mi corazón,
mi alma y mi mente.

Al pronunciar aquella frase, Alexander sintió que se
desvanecía la tensión que lo había estado atenazando
durante toda su vida. Sintió la indescriptible magia de

entregarle su alma al desnudo a alguien que sabía que era digno de su confianza y a quien podía cuidar y adorar durante el resto de sus días... si ella lo aceptaba.

Sin querer dejarle lugar a dudas, Sabrina le rodeó el cuello con sus brazos, acercándolo todavía más a ella. Echó la cabeza hacia atrás, ofreciéndole la boca entreabierta, con el corazón lleno de felicidad y emoción. Sabía que Alexander había despertado esa parte de ella que había creído muerta para siempre. No iba a seguir huyendo.

Ese día era el principio del resto de su vida...

Y Sabrina sabía que iba a ser maravillosa.

Acepte 2 de nuestras mejores novelas de amor GRATIS

¡Y reciba un regalo sorpresa!

Oferta especial de tiempo limitado

Rellene el cupón y envíelo a

Harlequin Reader Service®
3010 Walden Ave.
P.O. Box 1867
Buffalo, N.Y. 14240-1867

¡Sí! Por favor, envíenme 2 novelas de amor de Harlequin (1 Bianca® y 1 Deseo®) gratis, más el regalo sorpresa. Luego remítanme 4 novelas nuevas todos los meses, las cuales recibiré mucho antes de que aparezcan en librerías, y factúrenme al bajo precio de $3,24 cada una, más $0,25 por envío e impuesto de ventas, si corresponde*. Este es el precio total, y es un ahorro de casi el 20% sobre el precio de portada. ¡Una oferta excelente! Entiendo que el hecho de aceptar estos libros y el regalo no me obliga en forma alguna a la compra de libros adicionales. Y también que puedo devolver cualquier envío y cancelar en cualquier momento. Aún si decido no comprar ningún otro libro de Harlequin, los 2 libros gratis y el regalo sorpresa son míos para siempre.

416 LBN DU7N

Nombre y apellido	(Por favor, letra de molde)	
Dirección	Apartamento No.	
Ciudad	Estado	Zona postal

Esta oferta se limita a un pedido por hogar y no está disponible para los subscriptores actuales de Deseo® y Bianca®.
*Los términos y precios quedan sujetos a cambios sin aviso previo.
Impuestos de ventas aplican en N.Y.

SPN-03

©2003 Harlequin Enterprises Limited

Todo lo que deseo

CATHERINE MANN

El empresario Seth Jansen necesitaba una niñera temporal y
Alexa Randall parecía apropia-
da para el puesto. Ella aceptó
pasar una temporada en una
exuberante isla de Florida con
aquel hombre cuya pasión le
hacía cuestionarse las decisio-
nes que había tomado.
Los bebés le hacían pensar a
Alexa en la familia que siempre
había querido y las noches con
Seth eran incomparables. El
millonario podía ser el hombre
de sus sueños… si no estuviera fuera de su alcance.

Sus fantasías se iban a hacer realidad

Bianca.

El rey del desierto había perdido a su esposa

Todos creían que Isabella, la esposa del jeque Adan, había muerto. Pero reapareció cuando él estaba a punto de contraer matrimonio con otra mujer y de convertirse en rey de su país. Isabella tendría que ser su reina y compartir su trono del desierto y su cama real. Pero ya no era la joven pura y consciente de sus deberes de antaño, sino una mujer desafiante y seductora que excitaba a Adan; una mujer que no recordaba haber sido su esposa.

Extraños en las dunas

Lynn Raye Harris